Manfred Degen · Geld, Gier und Eitelkeiten
Brandneue Sylter Satiren

Endlich ist das neue Degen-Buch fertig. Während die anderen Sylter den Winter unter der prallen Sonne der Südhalbkugel vertändelten und ihre Kreditkartenkonten in Schieflage brachten, hat der Sylter Kult-Komiker diesen Prachtband zusammengebastelt. Nächtelang hat er bei karger Beleuchtung an seiner Reiseschreibmaschine gesessen und unglaubliche Geschichten in die Tastatur gehackt. Ab heute, geneigter Leser, wird auch Ihre Sicht auf die Goldstaubinsel Sylt eine ganz andere sein …

Kim Schmidt ist Cartoonist mit Kultstatus hier im Norden. Sein schlossähnliches Anwesen in einem malerischen Nest namens Dollerup wird Tag und Nacht von Fans umlagert. Er hat sich für drei Wochen bei Olli hier auf Sylt einquartiert und dessen charakterliche Verfehlungen mit dem Griffel festgehalten. Wir danken es ihm ausdrücklich mit der Veröffentlichung seiner Internet-Adresse: www.Kim-Schmidt.de – eintasten, aufmachen und Spaß haben – megastark!

Geld, Gier & Eitelkeiten

Brandneue Sylter Satiren
und kleine kabarettistische Amokläufe
von Manfred Degen

mit Zeichnungen von Kim Schmidt
und einem Vorwort von Werner Langmaack

Verlag Sylter Spiegel 2004

1. Auflage Juli 2004

GELD, GIER UND EITELKEITEN
Verlag Sylter Spiegel, 25980 Westerland
Illustrationen: Kim Schmidt
Gesamtherstellung: Breklumer Druckerei Manfred Siegel KG
Printed in Germany
ISBN 3-9803736-9-X

Inhalt

Vorwort

»Es ist und bleibt die größte Tat zu sagen was ist.« Von Manfred Degen ist zwar nicht bekannt, dass er sich zu Rosa Luxemburgs politischer Lehre hingezogen fühlt, aber dem geäußerten Anspruch versucht er allemal gerecht zu werden. Und damit hat er schon einiges um die Ohren. Denn auf einer Insel, die vom Tourismus lebt, nimmt man es mit der Wahrheit nicht ganz so genau. Das ist keineswegs nur den ausgeschlafenen Syltern anzulasten, denen man für ihre Tricks und Finessen, mit denen sie die Taschen der Kurgäste leeren, ebenso gut Respekt zollen könnte. Fest steht: Reisende wollen betrogen sein. Würde sonst auch nur eine Menschenseele in einen Bus einsteigen, nur um in Bad Mergentheim gratis Bratwurst mit Leipziger Allerlei einzuspachteln, sich im Tausch dafür aber mit vorgehaltener Waffe zum Kauf einer Uschi-Glas-Gesichtscreme und einer aufblasbaren, orthopädischen Rheumamatratze zwingen zu lassen?

Für Syltsatiriker Degen ist das der Stoff, aus dem er seine Kolumnen fabriziert und seine Bühnenshows zimmert – auch wenn er sich dem Thema »Tagesausflug mit Verkaufsschau« noch nicht explicit gewidmet hat. Das kommt bestimmt noch, entgeht ihm doch kaum eine Entartungserscheinung unserer Gesellschaft. Schon eine kleine Auswahl aus diesem Buch beweist, dass, wer die Wahrheit fürchtet, diesen Autor fürchten muss: Jogging-Irrsinn und Powerwalking-Wahn, die zweite Ölkrise und der dritte Frühling von Justus Frantz, ob zwanghafte Zukunftsangst, rastloses Reisefieber oder die Brisanz der Bundesliga – da ist kein Thema, dem Degen nicht einen völlig neuen, ungewohnten Aspekt abgewinnt. Meist arbeitet er mit einem schlichten Mittel: Er bedient sich, siehe oben, der Wahrheit.

»Wahrheit schwimmt gleich dem Öl auf dem Wasser« – diese Erkenntnis stammt zwar aus Griechenland, aber trotzdem nicht von Otto Rehhagel. Gleichwohl passt sie außerordentlich schön zu Sylt. Denn Öl spielt hier eine dominante Rolle. Dabei müssen die Insulaner nicht einmal danach bohren, um es tröpfchenweise zu Tage zu fördern. Im Gegenteil, es wird kostenlos angeschwemmt, sobald der Kapitän eines Seelenverkäufers im Vorbefahren mal kurz seine Tanks durchgespült hat. An sich sollten wir froh und dankbar sein, dass es so reinliche Seeleute noch gibt. Wer will schließlich schon verschmutztes Benzin tanken?

In Abessinien – wer dächte nicht sofort an den legendären Sylter Nacktbadestrand? – ist unter den Abessiniern eines unstrittig: »Die Wahrheit und der Morgen klären sich nach und nach auf«. Das klingt eine bisschen nach dem vergifteten Spruch »Männer sind wie Wolken: Wenn sie sich verziehen, kann es noch ein richtig schöner Tag werden« und hat trotzdem etwas Tröstliches: Schönes Wetter und Lauterkeit stellen sich laut abessinischer Erfahrung ganz von alleine ein. Wir können also erst mal in Ruhe frühstücken.

Am besten mit einem Degen-Buch vor der Nase, denn Tageszeitungen sind aus Gründen der Wahrheitsverfälschung abzulehnen.

»Wer die Wahrheit spricht, der braucht ein schnelles Pferd«, sagt der Philosoph. Oder war das Winnetou? Jedenfalls müsste Manfred Degen so gesehen gut beritten sein. Aber Flucht ist nicht sein Thema. Ihm ist klar, was schon Christian Morgenstern einwandfrei überriss: »Die zur Wahrheit wandern, wandern allein.« Manche allerdings mit Publikum.

Werner Langmaack*
Journalist & Autor
Hamburg/Westerland im Juni 2004

* Herausgeber des Buches "Inselgespräche – Was Prominente über Sylt denken"

Wir basteln eine Marketing-Strategie

»Guten Tag, ich würde gerne mal mit ihnen über Olli Ohmsen sprechen.« Ich stehe in einem Treppenhaus, irgendwo in Alt-Westerland, der Geruch von Bohnerwachs, feuchten Windeln und Kohlsuppe umschleiert mich wie eine junge Depression, ich aber halte mein aktuelles Buch auf Augenhöhe und blicke meinem Gegenüber fest ins Antlitz. Dieses: »Ich würde gerne mal mit ihnen über Olli sprechen«, dieser Satz ist ein so genannter Opener, eine Formulierung, welche die automatische Scheu und Abwehrhaltung des Gegenübers im Handumdrehen aufbrechen soll. Jehovas Zeugen und SPD-Wahlkämpfer arbeiten auch mit dieser Methode. Wir hatten den nämlichen Satz im Rahmen eines mehrtägigen Brainstormings kreiert, um durch Direktwerbung an der Haustür meine Buchumsätze in die Höhe und mich auf diese Weise in die Spiegel-Bestsellerliste zu katapultieren ...

Ich war unter dem Argumentationsdauerfeuer meiner Gattin zusammengebrochen, die mir mal wieder vorbuchstabierte, dass ein Bucherfolg nichts mit Qualität zu tun habe, sondern schlicht eine Frage des optimalen Marketings sei. »Schau dir doch diese Harry-Potter-Tante Joanne Kathleen Rowling an. Die hat ihren ersten Zauberschinken in der Londoner S-Bahn zusammengepottert. Und jetzt besitzt sie mehr Kohle als die Königin. Oder der Henning Mankell. Verwurstet seine permanent schlechte Laune zu Kriminalromanen und ist damit steinreich geworden, obwohl er in Schweden 120% Steuern zahlen muss. Nur deine Bücher liegen wie Blei im Regal. Hätte Mutter uns zu Weihnachten nicht aus Nächstenliebe drei von den Staubfängern abgekauft, dann hätten wir uns nicht einmal einen Tannenbaum leisten können.« Und als sie mir dann noch vorhielt, dass sogar die kreuzdumme Verona Feldbusch mit ihren sinnlosen Spinat-Kochbüchern anerkannte Literaten aus dem Feld und geistig wertvolle Druckerzeugnisse aus der »Spiegel«-Bestsellerliste geploppt hätte, stürzten mir tatsächlich die Verzweiflungstränen aus den Augen. Doch meine Mentaltrainerin baute mich sofort wieder auf, indem sie mich an den vorgestrigen Auftritt des Staubsaugervertreters vor meiner Wohnungsaustür erinnerte: »Das war ein Marketing-Profi! An dem solltest du dir mal ein Beispiel nehmen. Man spürte förmlich, wie der Mann von seinem Produkt überzeugt war. Dem leuchteten ja richtig die Augen, wenn er von dem ›Teleskoprohr‹, der ›Duodüse‹ und der ›vollelektronischen Kabelaufwicklung‹ schwätzte.« »Dummes Zeug«, opponierte ich vergebens, »der hatte bloß ne Bindehautentzündung.« Das war natürlich Unfug, denn das Marketing-Profi-Argument stimmt hundertpro. Der Beweis: Seit vorgestern sind wir stolze Besitzer eines vierten Staubsaugers und mein Teufelsweib ist schon per Du mit diesem Saugseppl.

Also, irgendwie hatte sie recht. Meine Produkte sind schließlich allemal so wertvoll wie irgendwelche gewöhnlichen Haushaltsgeräte beziehungsweise denen sogar haushoch überlegen, weil es sich ja schließlich um Kultur handelt. Nur die Verkaufszahlen hinken hinter denen der Firmen BOSCH und QUELLE unverständlicherweise her.

Es musste etwas geschehen, am besten eine Verkaufsoffensive! Darum verkleidete ich mich mit Jackett und Krawatte, zog mir einen Scheitel durchs Kopfhaar und bestückte einen schweinsledernen Sortimentskoffer mit den verschiedenen, in meinem engeren Bekanntenkreis äußerst beliebten Unterhaltungspublikationen. Sodann taperte ich fröhlich pfeifend los.

Kaum stehe ich vor der ersten Mietskaserne, entdecke ich im Augenwinkel, wie Gardinen sich sanft bewegen, bekomme mit, wie Mütter ihre Kinder hereinrufen und räudige Hunde mit eingezogenen Schwänzen hinfort stieben. Egal! Ich rein ins steinerngraue Treppenhaus und den Daumen auf die Klingel gedrückt. Nein, ich will nicht nur Bücher verkaufen, sondern eine hehre Botschaft verbreiten! Die Botschaft des neoliberalen Schmonzetten- und Klamaukwesens! Es geht mir nicht um Mehrwert, Mammon oder Moneten, ich missioniere weder für eine abendländische Weltreligion, noch für einen chinesischen Katechismus. Mein Ansatz ist ein fundamental anderer: Olli, mein Freund und Nach-

DEGEN
DEGEN
DEGEN
DEGEN
DEGEN
DEGEN
DEGEN

bar, ist quasi der Messias für ein lustvolleres, sinnlicheres Dasein. Ihm sind meine Bücher gewidmet, sein Leben ist der Geist in meinen Geschichten. Ich will einräumen, dass nicht jeder sofort Zugang zu seinen Thesen findet. Meiner Angetrauten zum Beispiel hat sich Ollis Guru-Potential noch nicht so ganz erschlossen. Sie nennt ihn – oh, wie gemein sie mitunter sein kann – einen »tränensackgesichtigen Kalenderspruchkasper«. Okay, seine Thesen wimmeln in ihrer simplen Struktur oft vor Selbstverständlichkeiten, wimmeln ob ihrer geringen Durchdachtheit häufig vor Ungereimtheiten. Vergangenen Monat zum Beispiel, es war während der krachenden Adventsfeier unseres Kegelvereins »Pudelprinzen« in der »Eiche«, so gegen halb vier morgens, als er unser aller Leben neue Orientierung verlieh, indem er wie aus heiterem Himmel lallte: »Meine Frau braucht nicht zu arbeiten – es sei denn, sie hat Hunger!«

Was steckt in diesem Satz an Kraft, an Richtung, an Festigkeit?! Erst einmal spricht er von seiner Frau! Was will er uns damit sagen? Er sei heterosexuell. Und dann: Er, Olli, stellt es seiner Frau frei, einem Beruf nachzugehen oder auch nicht. Super, da war dann ja die Arbeit ganzer Armeen von GleichstellungsbeauftragtInnen nicht für die Katz! Und quasi als Krönung gewährt er seiner Frau die Möglichkeit, hin und wieder einen Fastentag einzulegen. Wie selbstlos, wie vorbildhaft! Ich denke schon, dass unsere Welt anders aussehen würde, wenn alle Menschen so wie Olli wären oder zumindest so ähnlich.

Und darum bin ich unterwegs. Darum stehe ich jetzt hier in einem fremden Hausflur, gebe den Treppenterrier, lasse die Klingeln ringeln und mache mit meiner frohen Kunde die Runde: »Guten Tag, ich würde gerne mal mit Ihnen über Olli Ohmsen sprechen!«

Vor mir steht ein Typ in Unterhemd und mit Hosenträgern, rotgesoffenen Augen und beige-braun-karierten Pantoffeln. Er blafft mich an: »Ich brauche kein Buch nicht, du Sektenfuzzi, ich hab schon eins. Und auf deinen Olli bin ich eh stinkig. Im letzten Herbst habe ich ihm meinen Makrelenräucherofen geliehen und er hat ihn immer noch nicht zurückgebracht, dieser Zechpreller!«

Dann knallt er die Tür zu und stanzt mir damit meine Brille ins Gesicht. Na bitte, das war doch zumindest ein Teilerfolg. Der Mann ist prinzipiell zu einem Gespräch bereit. Da gehe ich morgen noch einmal hin. Den klopfe ich weich! Der kauft ein Buch. Und wenn ich vorher alle seine Pfandflaschen bei FAMILA in die Wand drücken muss.

Am nächsten Abend folgt das nächste, enorm aufwühlende Erlebnis. Es ist schon dunkel, als ich an der Wohnungstür der jungen Frau P. klopfe. Das heißt, klopfen ist vielleicht nicht der treffende Ausdruck, ich pianoliere quasi das Andante aus dem 21. Klavierkonzert von Mozart aufs Türblatt – ein todsicherer Aufreißer, mit dem du alle Weiber aus dem Andre-Rieu-Dunstkreis rumkriegst. Die Tür öffnet sich einen Spalt und ich schnurre: »Baby, ich hätte da ein wenig Unterhaltung für deine schlaflosen Nächte. Mein Freund Olli und ich, wir werden dir deine Langeweile schon vertreib ....«

Und noch ehe ich meinen einleitenden Gedanken zu Ende führen kann, zerrt das Vollweib mich an meiner Krawatte in ihre Lusthöhle und macht mich mit Alcopops gefügig. Bevor mir dann der Verstand total wegschmilzt und ich mich mit meiner Brille in ihrem String-Tanga verheddere, gelingt es mir noch, ihr eine Palette meiner Bücher aufzuschwatzen. Das mag zwar für eine Platzierung auf der Spiegel-Bestsellerliste vorerst nicht genügen, aber eine freundliche Erwähnung in der »Bäckerblume« oder »Apothekerrundschau« wäre nun denkbar. Nur, wie erfahren die taffen Redaktionen dieser beiden vielgelesenen Traditionsblätter von mir, meinen Thesen, meinen Werken und meiner Verkaufsoffensive? Vielleicht wohnt ja einer in einem der charmanten Sylter Plattenbauten. Sonst sehe ich eher schwarz.

Powerwalkerinnen on tour

Absolut lächerlich! Dieses schwitzige Fit-for-fun-Rumgerenne! Immer sssupergutdraufsein, nur dudarfstfettfrei essen dürfen, Waschbrett- statt Großtrommelbauch und Sushi statt Grünkohl! Klar, während man sich frühmorgens die verklebten Augen wie Klettverschlüsse aufreißt und der allgegenwärtige Schmerz fröhlich zwickend vermeldet: »Dochdoch, du lebst noch«, wächst die Gefahr, sich einzuklinken in die »Wellness-and-good-Feeling«-Bewegung und bei diesem Kasperletheater wider besseres Wissen mitzumachen. Um nicht abseits zu stehen und dem Vorwurf ausgesetzt zu sein, sich eigenbrötlerisch gesellschaftlichen Trends zu verschließen ...

Aber sobald man dann im Stadtpark die ersten Powerwalkerinnen sieht, die – wie kleine Tetrapoden auf der Flucht – schattenboxend daherziehen, kehrt man zügig zurück auf dem Pfad der gelassenen Behäbigkeit.

Powerwalking, das ist die Rache der Couch-Potatoes an allen Schöngeistern und Bewegungsästheten! Die Fäuste ballen sie, als wollten sie darin Paranüsse knacken. Dabei verbergen sie darin nur Stoppuhren, auf die sie alle 15 Sekunden hektisch blicken. Was wollen diese »Walk-üren« nur mit Stoppuhren? Da genügen doch Kalender! Schließlich bewegen sie sich hinfort mit der Geschwindigkeit der Kontinentalplattenverschiebung und selbst die Schnellsten unter ihnen drohen stets, von der Lister Wanderdüne überholt zu werden. Werft tausend Powerwalkerinnen über Nordkorea ab – meinetwegen sogar mit Fallschirmen – und der Despot, da bin ich sicher, übergibt sein Trümmerland widerstandslos der amerikanischen Hochkultur!

Wer übrigens meint, diesen umhermarodierenden Powerwalkerinnen mit Gleichmut begegnen zu sollen, befindet sich auf dem Holzweg. Sie richten immensen Schaden an. So haben Teilnehmer an einem Meereskunde-Seminar an der Uwe-Barschel-Uni in Kiel

Indizien dafür gefunden, dass nicht der Meeresspiegel ansteigt, sondern Powerwalkerinnen mit ihrem Getrete die Landhöhe von Normalnull stellenweise auf minus 50 Zentimeter abgesenkt haben. Da bahnt sich eine Katastrophe an.

Ich habe viele, ja, allzu viele Jahre meinen Körper mit sportähnlichen Überbeanspruchungen malträtiert, habe ich meine Jugend fast vollständig auf dem Fußballplatz verbracht. Ich wollte diesem Sport schon damals intellektuelle Korsettstangen einziehen, ich habe quasi gespielt wie Delling *(»Das Runde muss ins Eckige oder, Herr Netzer?«)* und Netzer *(»Sie haben ja keine Ahnung, Herr Delling, es geht hier einzig und allein ums Toreschießen!«)* über Fußball reden. Okay, es war ein Versuch. Wir sind abgestiegen und ich bin dann ausgestiegen.

In den Siebzigern definierte der Mann von Welt sich über seinen Sport, setzte auf diese Weise quasi seine Geruchsmarken. Ich habe gekegelt, ähh, gebowlt, habe gedacht, in diesem Biotop aus Gummiabrieb, schalem Bier und Zigarettenqualm Kontakte knüpfen zu können, die meiner gesellschaftliche Reputation förderlich wären. Pustekuchen! Drei Jahre lang war ich Pudelkönig und dem ständigen Gelächter der Konkurrenten ausgesetzt! Drei Jahre lang musste ich die Aschenbecher leeren, die Bierringe vom Tisch wischen und die anderen sind quasi mit meinem Geld nach Bangkok gedüst. Es war demütigend. Pudelkönig, das ist so uncool wie Karnevalsprinz oder – – – Inselmeisterin Powerwalking.

Dann, in den Achtzigern, habe ich mir einen Tennisschläger angeschafft, so ein toilettendeckelgroßes Alumonster. Zur selben Zeit verpasste mir mein Optiker eine Brille mit gut viereinhalb Diopthrin und Gläsern wie Flaschenböden. Ich brauchte fast eine Minute, um meinen Blick von ganz weit weg auf ganz dicht bei runter zu fokussieren. Diese gelben Filzbälle aber flogen schneller, viel schneller. Einmal wurde mir bei einem gegnerischen Aufschlag die Brille so ins Gesicht gestanzt, dass ich aussah, als hätte mich die komplette Powerwalking-Walküren-Nationalmannschaft überrannt!

Der nächste Versuch des gesellschaftlichen Aufstiegs via Sport fand dann auf dem Golfplatz statt. Irgendwie waren mir meine

Freunde abhanden gekommen, sie hatten sich auf eine andere Ebene hochgeputtet. Um es ihnen gleichzutun, verbrachte ich einen ganzen Sommer auf der Driving-Range in Kampen und prügelte dort die Grassoden Richtung Braderup. Irgendwann steckte man mir, dass sie vom Tower unsere Airports aus den Luftraum über Sylt während meiner Übungsstunden sperrten, aus Sicherheitsgründen, versteht sich. Diese Information stürzte mich in eine tiefe Depression, aus der ich mich aber mit der »Sylter Lichttherapie«, bei der man sich jeden Abend ein paar auf die Lampe gießt, herausschluckte.

Nein, nein, ich halte diesen ganzen Fitnesswahn für sehr gesundheitsschädlich. So ein Muskelkater zum Beispiel, das ist für den Körper doch eine enorme Belastung! Darum interessiere ich mich auch sehr für diese Treppenlifte, die so heftig beworben werden. Irgendwann brauche ich so ein Ding. Erst gestern war ich wieder gezwungen, drei Kisten Flens in mein Arbeitszimmer im zweiten Stock zu wuchten. Da bin ich nur knapp am Bandscheibenvorfall vorbeigeschrammt. Solche Transporte würde ein Treppenlift problemlos übernehmen können.

Ach ja, und dann der Geruch von Sportlern, so säuerlich wie Katzenklo oder Kinderkotze. Einmal, an einem heißen Sommertag, stand ich an einem Fußgängerüberweg und wartete darauf, dass die Ampel auf Grün umsprang. Auf der gegenüberliegenden Seite transpirierte sich eine Gruppe Powerwalkerinnen mit der quadratischen Wucht eines Asterix'schen Römerbataillons heran und stoppte abrupt an der roten Ampel, während die flimmernde Aura des selbsterworbenen Schweißgeruchs diesen plötzlichen Halt natürlich nicht mitmachte. Sie schwappte wie eine träge Nordseewelle bei Windstärke sechs über die Straße und bescherte meinen Geruchsnerven ein Pearl Harbour mit Special-Effects!

Wilde Assoziationen von Turnhallen-Umkleideräumen und Schullandheim-Schlafsälen bemächtigten sich meiner, mein Stammhirn rülpste und ich schwächelte mich hyperventilierend in die Horizontale. Das Leben zog wie ein Werbespot an meinem inneren Auge vorbei und ich überlegte mir flink noch ein paar »letzte Worte« für die Grabinschrift: »Mehr Licht!« oder besser

»Man hat sich bemüht«? Oder einfach nur: »Es ist vollbracht«? Da zogen hilfreiche Menschen mir eine Plastiktüte über den Kopf, verbrachten mich in eine stabile Seitenlage und schnullerten mich dann in das weder voll- noch beendete Leben zurück.

Seitdem schockt mein Teint die Umwelt durch eine leichte Grünstichigkeit, und wenn Menschen mich fragen, wie, bitteschön, ich es denn mit Körperertüchtigungen halte, dann verliere ich gerne mal die Contenance und meine Entgegnung ist dann eher nicht druckreif.

Sport soll ja auch seelisch ausgleichend wirken. Vielleicht sollte ich's doch mal mit Powerwalken versuchen …

Olli besiegt die Ölkrise

Dass irgendwann einmal die Ölquellen versiegen werden, davon haben auch wir auf Sylt schon gehört. Ich kenne sogar ein paar politische Schlauberger, die wollen das schon seit 30 Jahren wissen. Damals so erzählen sie, habe es wegen Spritmangels sogar autofreie Sonntage gegeben. Naja, mag sein, ich bin zu jung, um mich daran noch erinnern zu können. Die ständigen US-amerikanischen Feldzüge im Nahen Osten aber legen den Verdacht nahe, es könnte langsam knapper werden mit dem Motorensaft. Aber dass sich dieser absehbare Engpass wiederum auf unsere Goldstaubinsel auswirken könnte, das ist so unfassbar, da wollen wir lieber nicht drüber grübeln. Nur in einem schmucken Häuschen am südlichen Stadtrand von Westerland, da sitzt einer, der denkt quasi für uns alle. Und am Ende trifft er elementare Entscheidungen – aber nur für sich ganz alleine ...

Einen wahren Wolf hab' ich mir geredet, gestikuliert mit Händen und Füßen, gedroht, gelobt, geschmeichelt, ihn mit Unflätigkeiten überhäuft und sogar das Ende unserer langjährigen Freundschaft zaghaft angedeutet. Meta saß derweil heulend in der Küche und telefonierte, Trost einfordernd, mit ihren Freundinnen von der Bachblüten-Therapiegruppe. Allein: unser beider Bemühen blieb erfolglos. Olli beharrt darauf, seine Lebensversicherung kündigen zu wollen! Statt dessen will er sich eine neue Segeljacht anschaffen. Für zweihunderttausend Euro!

Doch der Wahnsinn geht noch weiter! Weil die Versicherung die Kündigung natürlich strahlend akzeptieren und die Auszahlungssumme gnadenlos kürzen wird, plant Olli eine Grundschuld auf sein Haus aufnehmen. Und das Schwarzgeld aus dem blühenden Pornohandel der achtziger Jahre, bei der Kreissparkasse Tondern geparkt, hat er auch schon über die grüne Grenze nach Hause gerubelt.

Ich fuhr eine ganze Galerie von Gegenargumenten auf, mit denen ich jeden ökonomischen Quergeist auf unserem Planeten überzeugt hätte. Aber nix. Olli, dieser friesische Rumpeldiskutant war mal wieder hochgradig beratungsresistent!

»Olli, du bist doch super aufgestellt was deine Altersvorsorge angeht, hast eine Immobilie, die Lebensversicherung, du bekommst 'ne ansehnliche Rente, besitzt zwei Garagen-Appartements und vergiss den Kutter nicht, mit dem du Sommergäste bei ein bisschen Laienfischfang ausnimmst. Und jetzt willst du dein Vermögen für ein Segelboot verballern? Du tickst doch nicht ganz sauber! Nimm doch mal Rücksicht auf Meta!«

»Hör' mal, du Komiker, von dir nehme ich sowieso keinen Rat mehr an, seitdem du mich damals kurz vorm Börsencrash in den neuen Markt getrieben hast. Mit 30.000 Euro geliehenem Geld bin ich eingestiegen und wenn ich die Aktien heute verkaufen würde, könnte ich mit dem Erlös gerade noch meine Balkonkästen neu bepflanzen!«

Da hat er Recht. Das ist echt dumm gelaufen damals. Meine Erklärungen für das Desaster (»Shit happens...«) hat Olli nicht akzeptiert. Seitdem muss ich für ihn den heuerfreien Leichtmatrosen machen, wenn er nachts rausfährt, um die Austernbänke illegal zu plündern.

Unser Gespräch versiegte vorübergehend. Klappernd spielten wir mit den Schnappverschlüssen unserer Flensbuddeln. Olli hatte sich beim Runterhopfen ein wenig verhustet, rückte nun dichter heran und indoktrinierte mich mit gedämpfter Stimme: »Hör' mal, Junge, das Segelboot ist doch kein Spaßkauf, das ist das Rückgrat meiner Überlebensstrategie! Mit dem alten Fischkutter verbrauche ich pro Jahr zwölftausend Liter Kerosin. Und ich sag' dir, der Preis wird sich verdoppeln und verdreifachen. Überleg doch mal: Jetzt fangen Milliarden von Chinesen an Auto zu fahren und auch die Inder steigen von der Kuh auf Corsa und Kia um! Junge, kapierst du das denn nicht? Mit Erdöl ist bald empty. Dann stehen alle Autoräder still!«

Ach, so meint er das! Daher weht der Wind! Olli und seine Öl-Apokalypse! Da hat sich ja schon einiges angesammelt: Der neue Kamin in seinem Wohnzimmer! Die Solarpaneele auf seinem Dach! Der Erdgastank in seinem Auto! Und auch der bisherige Höhepunkt seiner Energie-Phobie: Ein sommerlicher Grillabend, befeuert mit getrockneten Schafsködeln vom Nössedeich.

Der Mann sorgt vor. Er träumt davon, mit seiner Jacht vor Sylt zu kreuzen, während wir uns in ein paar Jahren an der Tanke um den letzten Kanister Sprit prügeln.

Olli beugte sich so weit vor, dass ich die geplatzten Adern in seinen Augäpfeln sehen konnte. Er stupste seine Buddel gegen mein Brustbein und lispelte mich feucht an: »Wenn du in der Zeitung nicht nur das Fernsehprogramm, das Horoskop und die Todesanzeigen studieren würdest, sondern auch mal den Wirtschaftsteil, dann hättest du das längst selbst gerafft: Die Vorräte sind erschöpft, die Lage ist hochdramatisch!«

Erstaunlich, dieser Wandel. Wenn ich Olli früher zum Benzinsparen animieren wollte, meinte er lakonisch, dass die fossilen Brennstoffe nun mal uns gehörten, basta. Spätere Generationen sollten sich gefälligst selbst was ausdenken, womit sie ihre Wägelchen ins Rollen bekämen. Er hätte seine Pflicht erfüllt, so Olli damals, indem er seinem Sohn einen Chemiebaukasten geschenkt habe. Der aber habe die Chance leichtfertig verspielt. Er wurde Sozialpädagoge statt Chemie-Nobelpreisträger.

Mit einem letzten flammenden Appell versuchte ich die Wortwucht meines Gesprächspartners zu kontern: »Das ist doch alles Öko-Romantik! Auch du brauchst Sprit für deine Jacht! Oder willst du bei Flaute am Strand längstreideln?«

Nun lehnte Olli sich selbstzufrieden zurück, hakte mit den Daumen hinter die Hosenträger und ließ sie gegens frisch gestärkte Hemd knallen. »Hör mal, du Sitzpinkler, hast du in deinem Leben jemals strategisch gedacht? Ich aber! Ich hab' in Meckpom zweihundert Morgen Land gepachtet. Da lasse ich Raps anbauen und presse aus den Feldern dreitausend Liter Öl. Wenns hinter meinem Schiff zukünftig riecht wie an der Pommesbude, dann weißt du, warum. Und zur Stromversorgung der Jacht lasse ich Brennstoffzellen reinschrauben. Ich habe die Schnapsbrennerei in meiner Garage inzwischen auf Methanolproduktion umgestellt. Also, grinste er mich mit einer zum Reinhauen breiten Selbstgefälligkeit an, »von mir aus können sich die Ölpreise verdoppeln. Mir kann keiner was!«

Man kann über Olli sagen, was man will, aber seine Energie-Strategie ist nicht ohne. Und der Mensch soll sich ja auch mal von eigenen Standpunkten abbringen lassen, selbst wenn's ihm schwer fällt. Also habe ich mit meinem superklugen Freund einen Deal gemacht: Ich verpasse seinem Schiff jeweils im Winter einen Antifouling-Anstrich und kümmere mich um die aufwändige Teakholzpflege. Dafür liefert Olli mir jeden Herbst tausend Liter Raps-Diesel. Damit bin auch ich vor zukünftigen Benzinkrisen geschützt. Bleibt ein Problem: Wir müssen Meta noch dazu überreden, der Auflösung der Lebensversicherung zuzustimmen ...

Flugangst vom Feinsten

Hast du schon mal gehört, dass jemandem die Zähne klappern wie Kastagnetten, hast du schon mal erlebt, dass ein Kerl neben dir steht wie das blanke Elend, Angst frisst Seele auf, das Gesicht gräulich-grün, die Knie schlotternd, die Augen wund wie schlecht verheilte Schusswunden und die Tränensäcke runterschlappernd bis unter die Gürtellinie? Ein Mann, sonst Fels in der Brandung und Beschützer aller Schwachen und Leidenden, aller Frauen und Kinder? Das ist dann Olli, mein Freund Olli, kurz vorm Start in die Atmosphäre. Olli, die fleischgewordene Flugangst. Olli – ein Mann, der auf See berüchtigt ist für angstfreie Manöver, die in keiner Segelschule gelehrt werden, einer, der erst ausläuft, wenn die Windstärken zweistellig sind! Doch wenn er fliegen soll, gleichgültig ob mit Düse, Turbo oder Propeller, dann ist er jedes Mal kurz vorm Einnässen. Neulich erst sind wir nach Stavanger gejettet, nach Norwegen also. Olli sollte von dort eine Segeljacht nach Sylt überführen, ein richtig kleines Traumschiff aus Holz, behäbig und dickbäuchig – für irgend einen gleich gearteten Geldsack in Kampen. Ich durfte ihn als Vorschoter begleiten, was sich günstig fügte, denn ich benötigte sowieso noch einige Praxisstunden für meinen Segelschein. Aber nicht für meinen Segelflugschein ...

Wir standen am Check-in des International Airport Westerland und beobachteten interessiert, wie unser Pilot mit seiner kleinen Cessna über das Vorfeld holperte. Olli kauerte neben mir wie ein Delinquent vor dem Schafott. Er war in Windeseile um Dezennien gealtert, hatte das Rentenalter quasi übersprungen und wäre in diesem Moment glatt als Pflegefall der Härtestufe XL durchgegangen.

Ich grinste, haute ihm derart jovial auf die Schulter, dass die Motten aufstoben, und sagte betont cool: »Mensch, Olli, so 'ne Cessna ist doch todsicher! Die stürzen nur ganz selten ab. Und wir haben einen extrem erfahrenen Piloten. Schau doch mal: Die vier Sterne auf seinen Schulterklappen bedeuten, dass er schon vier Bruchlandungen überlebt hat!«

Es sollte eigentlich ja nur ein Scherz sein, um Ollis morbide Stimmung aufzuhellen, aber er reagierte komplett verkehrt, hyperventilierte heftig, wimmerte dabei kläglich und kotzte zielsicher auf das Gepäckförderband des »Counter 1«, das daraufhin automatisch ansprang und Ollis Frühstück handwarm durch den Zoll rumpelte.

Wenig später, nach unermüdlich angewandter Überredungskunst und der Infiltration großer Stückzahlen kleiner Feiglinge, hatten wir Olli schließlich im Flieger verstaut. Er hing in den Gurten mit verschlossenen Augen und kaltem Schweiß auf der Stirn. Während wir auf die Startbahn einbogen und uns auf den Take-off vorbereiteten, klappte er plötzlich die Lider hoch, glotzte aus der Luke und japste: »Ogottogottogott, wie hoch wir schon sind. Guck doch mal: Die Menschen da unten sehen ja aus wie Ameisen.« Ich legte ihm kalte Kompressen auf die Stirn und tröstete: »Olli, mein Jung, das sind Ameisen. Wir sind noch gar nicht gestartet, du Depp!«

Dann endlich heulte der Motor auf, die kleine Klapperkiste wurde immer schneller und schon zog der Pilot das Ding steil nach oben. Ollis Hand krampfte sich um meine Finger. Seine Knöchel färbten sich weiß und meine Fingerspitzen dunkelrot. In dieser Position verharrten wir eine ganze Weile. Olli atmete kaum noch. Wir waren schon kurz vor Esbjerg, da befreite ich mich mit einem Ruck aus seinem Griff, massierte ihm seine total verspannten Nackenmuskeln und redete mit brummbärigster Märchenonkelstimme auf ihn ein: »Mensch, Olli, Fliegen, das ist doch was für echte Kerle. Deine Meta wird dich als Mann irgendwann nicht mehr akzeptieren, wenn du ständig diese lächerliche Flugangstnummer abziehst. Schau doch mal da vorne rechts, da taucht schon Skagen auf!«

Der Pilot hatte diese Worte offenbar mitbekommen, drehte sich im Cockpit um und meinte breit grinsend: »Und backbord querab ist die Jammerbucht. Auf dem Campingplatz steht mein Wohnwa-

TESTAMENT
VERHALTEN IM NOTFALL

gen. Den zeige ich euch jetzt mal aus der Nähe.« Dann ließ er seine Maschine über die linke Tragfläche abkippen und wir stürzten mit aufheulendem Motor in einer korkenzieherähnlichen Spirale nach unten. Auch Olli tauchte im selben Moment ab und suchte irgendwo unter den Sitzen nach Fallschirmen und Brechtüten.

Ich muss zugeben, auch mir wurde etwas blümerant ob dieser tollkühnen Einlage. Gerade wollte ich den jungen Schnösel nach seiner Fluglizenz fragen, da riss der seinen Donnervogel wieder in die Waagerechte. »Da vorne links, der Blaue, das ist mein Wohnwagen. Tolles Modell, was?« brüllte er und heizte in dreißig Metern Höhe über die dänische Prärie. Unten sahen wir rotgesichtige Wikinger in gelben Jogginghosen und grauen Unterhemden. Begeistert winkten sie uns mit überschwappenden Bierdosen zu. Unser blonder Kamikaze-Akrobat zerrte sein Steuerhorn wieder bis ans Brustbein, wir zogen steil nach oben und mit einer Art Eier-Looping verabschiedete er sich von seinen skandinavischen Camping-Kumpels. Ollis Gesichtsfarbe tendierte mittlerweile ins moosige Lodengrün. Mit trockenen, aufgesprungenen Lippen stammelte er etwas vor sich hin, das wie ein Gebet klang. Woher dieser gottlose Geselle bloß so einen Bibeltext kennen mochte? Oben am Firmament also hatte diese Kanaille zur Religion gefunden. Aus purer Angst um sein Leben – die mickrigste Form des Gottesglaubens! Plötzlich bäumte er sich auf, fiel mir um den Hals und krächzte mit säuerlichem Magenwind in mein Ohr: »Bring' mich hier lebend runter, egal wie! Geld spielt keine Rolle. Ich zahle dir jeden Betrag!«

Unglaublich. Vor zwei Tagen noch hatte er mir mit seinen neuen, angeblich voll trendigen Body-Styling-Ideen die Kohle aus dem Kreuz zu leiern versucht. Einen Waschbrettbauch wollte er mir verpassen und Muskeln hier und Muskeln da. Als Kunden für ein windiges Fitness-Studio wollte er mich gewinnen, nur weil er selbst sich ein Jahresabo von denen hatte aufschwatzen lassen, und das wiederum nur, weil er seine Midlife-Crisis nicht in den Griff bekommt. Sogar im Solarium soll Olli gesehen worden sein und die Sylter Frauen hecheln angeblich schon dem ersten Strandbesuch des neuen Inselbeaus entgegen.

Und jetzt? Ich betrachtete ihn eingehend. Erschütternd! Sein Gesicht sah aus wie eine verrutschte Slipeinlage und er roch wie ein Deichwiesenhammel im Schritt. Sylter Frauen, dachte ich, werden ihre Wollustträume wohl weiterhin mit Richard Gere oder Brad Pitt, die Betagteren mit Omar Sharif oder Clark Gable, bestreiten müssen – Ollis Supermannphantasien schienen, wie passend, »vom Winde verweht«. Momentan hatte er allenfalls als Statist in dem Streifen »Die Rückkehr der Horrormumie« eine Chance.

Gut zwei Stunden später legte unser Held der Lüfte eine butterweiche Landung in Stavanger hin. Olli duschte, zog sich einen Becher Tee, zwei Aquavit und drei Aspirin rein und war im Handumdrehen wieder fit. Wir wollten gerade ins Taxi steigen, das uns zum Hafen chauffieren sollte, da fiel ihm ein, dass er noch mal kurz in die Luftaufsichtsbaracke müsse. Er hätte unserem Piloten etwas Wichtiges mitzuteilen.

Kurz darauf hörte ich aus dem besagten Verhau unrhythmische Ballergeräusche, wie ich sie allenfalls aus Bud-Spencer-Filmen kannte, die Baracke wackelte wie bei einem Erdbeben, und nach einer runden Viertelstunde erschien mein Freund, fröhlich strahlend und sich die Handknöchel reibend: »So, der Pilot hat eingesehen, dass er heute nicht seinen besten Tag hatte. Er will noch ein bisschen üben. Flüge bis fünf Meter beherrscht er schon tadellos. Ich hab's ihm gerade beigebracht....«

Bädertourneen als Bildungsreisen

Okay, es ist wahr – ich komme 'rum hier im Land der Viehzüchter und der Bauernschlauen. Recht häufig gehe ich auf Bädertournee, um die Küsten abzukaspern. Ich expeditioniere mich in die Einödbadeorte Dithmarschens, ich verirre mich auf die Ordinger Breitsandstrandsteppen, schwimme nach Föhr oder pröttele bis dicht an die polnische Grenze nach Grömitzcowice, um dort die Badegäste wachzurütteln und sie am satirischen Nasenring durch den Abend zu zerren. Ich komme an, falle aus dem Auto und erlebe jedes Mal einen Kulturschock erster Klasse – da würden sogar Marco Polo oder Alexander von Humboldt die Contenance verloren haben! Jeder Ort ist anders, ist gewachsen mit seinen Gästen, hat deren Geschmack, deren Mief, deren Aroma angenommen, ist kurzum unverwechselbar. Bindet mir die Augen zu, stellt mich auf eine beliebige norddeutsche Promenade und ich sage Euch – Wetten, dass? – welche Klitsche das ist. Der Geruch, die Geräusche, das Gewusel: Ich weiß die Wahrnehmungen zu deuten! Und den genauen Monat würd' ich bei Bedarf noch dazuraten ...

Zum Beispiel Büsum. Man biegt bei Heide rechts ab und wälzt sich 'ne halbe Stunde durch platte Kohlfelder – und plötzlich, was taucht am Horizont auf? Nein, das ist noch nicht England, sondern nur ein acht Meter hoher Deich, an dessen Fuß eine unstrukturierte Streusiedlung namens Büsum schläft. Die Kurgäste sind zu neunzig Prozent Rentner zwischen vierzig und achtzig, die hier schon seit fünfzig Jahren ihre Kreuzworträtsel bearbeiten. Die restlichen dreißig Prozent sind Ossis, die nach vierzig Jahren Ostseeurlaub im Gewerkschaftsheim auch mal Nordseeluft inhalieren wollen. Auf der Fahrt nach Helgoland kotzen sie sich die Seele aus dem Leib, die Dialoge beim plattdeutschen Heimattheater verstehen sie nicht, Knoblauchsoße mögen sie nicht und weder den Mitteldeutschen Rundfunk noch den ORB kriegen

sie hier rein. Trotzdem kommen sie jedes Jahr wieder. Keiner kapiert, warum.

Ganz anders Föhr. Unsere Nachbarinsel wird von einer ausgesuchten Premium-Klientel frequentiert: Pastoren mit Zweidrittel-Planstelle, Oberstudienräte für Deutsch und Geschichte, stellvertretende Kreissparkassen-Filialleiter sowie jede Menge Kinderbibel-Illustratoren. Der weibliche Teil in deren ehelichen Wertegemeinschaften verdingt sich meistenteils als Gleichstellungsbeauftragte, Diplombibliothekarin oder Kurskoordinatorin an der VHS. Im Ehrenamt, und das findet unsere uneingeschränkte Anerkennung, leiten sie den Elternbeirat des altsprachlichen Gymnasiums und bringen sich im Förderkreis der örtlichen Musikschule ein. Schon auf der Fähre von Dagebüll erleben wir, wie sie in ihren Kindern – das Haar mit dem Lineal gescheitelt, Brille schon ab vier – das Gute wecken: »Nein Konstantin-Alexander, bitte nicht die Möwen füttern, sie koten doch sonst das Oberdeck voll!« Dann wendet sie sich wieder ihrer Lektüre zu, vorzugsweise James Joyce' »Ullysses«. Derweil das Familienoberhaupt mit dem ererbten Zeiss-Jena-Fernglas die Sandbänke nach Seehunden absucht. Tage später sieht man das Ehepaar auf Hollandrädern – vorne mit Kartenhaltern und oben mit monströsen, raketenfesten Fahrradhelmen auf den klugen Köpfen – wie sie gegen den steifen Westwind anstrampeln, um den Orgelimprovisationen in der Nieblumer Kirche beizuwohnen. Die Kinder haben sie bei der Wyker Kurverwaltung geparkt, wo sie von der 400-Euro-Animatöse mit Kirchentagsliedern in die Abendseligkeit geklampft werden.

Die Familie hat sich nach intensiven Gesprächen am heimischen Kamin geeinigt, den vertrauten Kulturkreis für die Zeit der Erholung nicht zu verlassen und die Nordsee, Föhr eben, zum Urlaubsort erwählt. Nein, Sylt stellte keine ernsthafte Alternative dar. Die dekadente Grundhaltung in diesem insularen Sündenbabel wäre einer werteorientierten Prägung der Kinder eindeutig abträglich. Vielleicht mal ein Fastenaufenthalt in der Heimvolkshochschule Klappholttal irgendwann im November, wenn die Kinder mal aus dem Gröbsten raus sind ... vielleicht ... eventuell ... müsste noch mal genau erwogen werden ...

Immer wieder eine kolossal schwere Prüfung ist für mich ein Kabarettabend in Wittdün auf Amrum. Wenn es optimal läuft, sitzen da 30 Figuren, Ornithologen in Kleppermänteln und Birkenstocksandalen, drei Zivis, zwei Esjottler, die ihr soziales Jahr ableisten und hauptsächlich von Omas Zuwendungen und latenter Blauäugigkeit leben, sowie als intellektuelle Speerspitze ein Trupp Anthroposophen, die sich mit dem Kurs »Homöopathie für Fortgeschrittene« durch die Woche gekämpft haben. Da ist jedweder Komiker zum Scheitern verurteilt. Eher würde ich das Zentralkomitee der KP Nordkoreas zum Toben bringen, als ein Schmunzeln in diese Gesichter zu zaubern.

Fürwahr göttlich ist es auch in zahllosen Ostseebadeorten, zum Beispiel in Kellenhusen an der nördlichen Lübecker Bucht, schon fast in Sichtweite der Baltischen Staaten. Feiner Sandstrand, vergitterte Strandkörbe, Promenade als Pommesbudenzeile. Am Horizont übt unsere Bundesmarine den Ernstfall, Oma liest »Tina«, Mutti liest »Gala«, Papi ist zum Dorschangeln rausgefahren und die Kids robben mit dem Schlauchboot durchs mildsalzige Wasser. Zum Mittag gibt es die beliebte »Kanzlerplatte« – also Riesencurrywurst mit doppelter Dosis Pommes Frites und ein Quadratmeter Dosenbier. Sonntags klettern alle in Papis baumarktverspoilerten Ascona und dann geht's ab nach Sierksdorf in den Freizeitpark. Und dass es der kleine Benny am letzten Montag mit dem Tretboot fast bis hinter den Horizont geschafft hat, finden jetzt alle toll. Und »voll super« wie er schlussendlich von einem Zollkreuzer zurückgebracht wurde – »wenn wir das Opa im Pflegeheim erzählen, na, der wird ja stolz sein!«

Sie sehen: Bädertourneen sind eine Schule des Lebens und ein steter Quell der Freude. Als nächstes übrigens plane ich eine Gastspielreise durch MacPom. Man muss kein Prophet sein, um zu erahnen: Das dortige Publikum wird alles bisher Dagewesene noch deutlich in den Schatten stellen...

Jan Brodersen, der Vorzeigesylter

Kaum verlasse ich mein Heim und schlendere ein wenig durch meine Umwelt, stellen sich mir Menschen in den Weg, tun wichtig und pumpen sich unerträglich auf. Meist wollen sie mit mir kontrovers diskutieren, wollen mir ihre abstrusen Meinungen ins Gesicht blasen: »Ach, Herr Degen, was erzählen sie denn da von Sylt und seinen Menschen?! Belanglosigkeiten, die anderswo, ja allerorts, ebenso passieren. Und der Sylter, den sie immer so herausstellen, der ist doch nicht der Rede wert, ein Kretin, wie er in den Metropolen und auf dem Plattland massenhaft anzutreffen ist. Stehlen sie uns doch nicht die Zeit mit ihren Allerweltsgeschichten!« Da zucke ich dann tiefst getroffen zusammen und merke: Es herrscht erheblicher Aufklärungsbedarf. Denn mich treibt der süße Wahn, der Welt die reine Wahrheit über die Syltern zu verkünden. Mit Friedmanscher Aufrichtigkeit, mit wahrem Mannesmut will ich's tun, auf dass der mir Lauschende ganz besoffen wird vor lauter Liebe zur Insel und den blondäugigen Frieslingen hier ...

Schauen wir uns doch mal einen typischen, einen normalen Sylter an – das Adjektiv »durchschnittlich« würden in diesem Zusammenhang nur Trottel verwenden –, begleiten wir ihn durch den Tag, lachen, weinen und staunen wir mit ihm, werden wir sein Freund! Und nennen wir ihn einfach, hier, sach mal schnell – – – Jan Brodersen.

Seine Familie ist seit den Wikingern auf unserer Goldstaubinsel ansässig, sie haben ein Stück Inselgeschichte geschrieben. Von Beruf ist er quasi ... Sohn. Das hat sein Vater auch schon gut gekonnt. Ja, man hat sich eingerichtet im Laufe der Jahrhunderte. Ein Geschäftshaus in der Friedrichstraße nährt die Sippe, das Reetdachhaus in Braderup ist Heimstatt mit Niveau, die kleine Finca auf Mallorca dient der mediterranen Regeneration und das großzügiges Appartement in Florida gewährt Zuflucht, sobald es auf Sylt novembert.

Der Tag beginnt mit einem ausgedehnten Frühstück und dem Studium der Zeitung. Und da zeigt sich schon die erste Eigenart. Der Sylter liest einfach anders! Während üblicherweise zuerst der Sportteil aufgeblättert wird, danach das Fernsehprogramm und dann die Tagesnachrichten aus dem Hause Wussow, lautet die Reihenfolge beim Sylter: Wetter, Insolvenzen und Gesellschaft. Wobei Insolvenzen und Gesellschaft ist oftmals von denselben Namen besetzt sind, da verwischt und vermischt es sich.

Politik überblättert Jan Brodersen: Er weiß es sowieso alles besser. Ja, er war auch schon – wie die meisten anderen – in der Kommunalpolitik aktiv, hat aber die Legislaturperiode fast nur auf dem Korridor vor dem Sitzungssaal verbracht, da er wegen Befangenheit meistens ausgeschlossen wurde. Denn in fast jeden Bauantrag oder Bebauungsplan sind er und seine weitläufige Mischpoke interessentechnisch verstrickt.

(Momentan tobt er sich als Leserbriefschreiber aus. Mehrere knallharte Pamphlete gegen den geplanten Off-shore-Windpark hat er schon ins Tageblatt gestellt – der Mann bezieht Stellung. Dass er sich aber mit zweihunderttauend Euro an diesem Projekt beteiligt hat – man weiß ja nie, woher der Wind weht – ist eine ganz andere Geschichte.)

Gegen 11 Uhr liegt der erste Termin an – beim Steuerberater auf dem Golfplatz. Achtzehn Löcher und dann das Strategiegespräch an der Bar – da schmilzt die Zeit weg. Fetter Dorfklatsch und geldwerte Nischeninformationen lassen unseren Freund sein Horrorhandicap vergessen. Anschließend rauscht er Richtung Sansibar zu Herbert Seckler. Da Jan Brodersen in Kürze 50 Jahre alt wird, gilt es, das Fest angemessen vorzubereiten. Brassband, Bauchtänzerinnen und Feuerschlucker werden gebucht – ein bestimmter Standard darf auf keinen Fall unterschritten werden. Wer sich im Insel-Ranking auf den Spitzenplätzen positionieren will, darf auf den maßgeblichen Feldern nicht schwächeln. So ist es unverzichtbar, für eine Handvoll harte Dollars ein paar fernsehbekannte Party-Schlampen zu engagieren.

Wieder zu Hause, gilt es die unangenehmen Termine auf der Agenda wegzutelefonieren: Die Oma, die im Pflegeheim auf dem

Festland lebt, wird vom trostlosen Einbett- auf ein geselliges Vierbett-Zimmer umgelegt. Der Vermögensberater hatte herausgefunden, das hier ein Fass ohne Boden entstanden war. Wer fürs Altenheim genau soviel Geld verbrennt wie einst am Neuen Markt, der muss die Reißleine ziehen, das dürfte ja wohl jedem einleuchten.

Dann schnell ins Reisebüro, um den geplanten Maledivenurlaub im Januar canceln. Erzählt doch das Töchterlein gestern Abend, dass ihr Ballettlehrer, die schwule Socke, zur gleichen Zeit im selben Hotel absteigen wolle, noch dazu mit seiner ganzen Hupfdohlen-Corona. Frechheit – also wird umgebucht auf angesagtes Inselhopping: von Bora-Bora über Tahiti bis zu den Fidschi-Inseln. Da kann die alte Schwuchtel bestimmt nicht mithalten.

Und so geht das weiter – atemlos. Die älteste Tochter wird zum Reitunterricht nach Morsum kutschiert, das ukrainische Au-Pair-Mädchen zum Deutschunterricht nach Westerland und die geleerten Champagnerflaschen zum Glascontainer. Nein, seine Frau Ina kann ihm dabei nicht helfen, auch ihr Tag ist durchgeplant: Sie nimmt gerade an einem Meditations-Crashkurs für Sylter Unternehmerfrauen teil, Lernziel: auf die Schnelle einüben, langsamer zu werden. Anschließend muss sie flugs die Koffer packen, denn morgen jettet sie mit dem Klöppelkurs des Heimatvereins zur deutsch-amerikanischen Steubenparade nach New York.

Unser Brodersensches Ehepaar hat selbstverständlich eine starke Affinität zu US-amerikanischen Attitüden. Ein übrigens auf Sylt weit verbreitetes Phänomen. Vorbild für die Sylter Vermieter ist zum Beispiel Bill Gates. Schließlich hat der auch mal mit 'ner Garage angefangen. Ihre drei Kinder sind sämtlich in den Staaten zur Welt gekommen und besitzen dadurch die amerikanische Staatsbürgerschaft. Leute, so etwas lässt sich doch planen: Jeweils im April wird das Kleine angesetzt worden, so dass die Gattin noch das sommerliche Vermietgeschäft abwickeln kann, um gegen Halloween dann in den USA zu landen. Der Bauch wird unter der Sonne Floridas rund und im Januar kommt der nächste Brodersen zur Welt. Zum Grünkohlessen kurz vor der Biike sind Mutti und Baby dann wieder auf der heimischen Insel. So geht das.

Dahinter steckt folgenden Strategie: Falls die Gören später mal »rübermachen« wollen, dann brauchen sie nicht an der Greencard-Lotterie teilzunehmen, diesem unwürdigen, internationalen Unterschicht-Event. Statt dessen wird dem Immigrations-Officer lässig der Stars-and-Stripes-Passport wie eine AmexCard auf den Tresen geklatscht: »Hello, Amerika, we are back!!«

Nun aber erst einmal zurück ins alte Europa! Jan Brodersen ist es ganz recht, dass seine Gemahlin sich für eine Woche verdüst, denn dann kann er mal wieder in »Eve's Nightclub« vorbeischauen und seine Armbanduhr abholen, die er neulich dort zurück gelassen hat. Sie muss wohl irgendwie zwischen Wand und Bett gerutscht sein ...

Viel Freizeit verbleibt ihm sowieso nicht. Seit Tagen schon versucht er, den neuen Farbdrucker an die Computer-Konfiguration anzuschließen. Sicher, er könnte eine versierte Servicekraft herbei rufen, aber leider hat Brodersen vergangene Woche ein wenig im Internet herumgesurft und ist dabei, natürlich nur versehentlich, auf eine dubiose Homepage geraten, hat durch eine unglückliche Tastenkombination ein paar bunte Bilderchen heruntergeladen und sie dann dummerweise als Bildschirmschoner fest installiert – mit Dolby-Surround-Ton. Übel das. Da kannst du dann keinen Fremden mehr ins Haus lassen und schon gar nicht an die Festplatte.

So geht das ununterbrochen, Atem holen unerwünscht. Brodersens Alltag ist vollgestopft mit Pflichterfüllung und Mühsal – ein Leben auf der Überholspur. Und nächste Woche brettert er mit einem 28-Tonner nach Russland, um dort eine Hilfssendung der Sylter Vereine abzuliefern. Da wird die Altkleidersammlung von Kampen nach Kaliningrad geschafft, also, wenn die da schon frieren, sollen sie wenigstens chic dabei aussehen.

Und da wollen Sie behaupten, die Menschen hier auf Sylt seien Allerweltsware? In echt? Ich glaube, da sollten Sie noch mal eine Weile drüber nachdenken ...

Keiner kann was, und jeder darf alles

Ich wollte es nicht – ehrlich! Ich habe mich (innerlich) mit Händen und Füßen gewehrt, letzten Freitag im Vereinslokal, aber es ist dann doch wieder ein Saufabend geworden – echt schlimm so was! Und dabei fing alles ganz harmlos an. Schwager Berthold gab eine Runde nach der anderen aus, mit so'nem klugscheißerischem Gegrinse, eine üble Besserwisser-Visage zog er die ganze Zeit – am liebsten hätte ich ihm seine Bierbuddel bis hinters Zäpfchen gerammt. Er wollte uns erst nicht verraten, warum wir uns hier auf seinen Deckel rundsaufen durften. Dann irgendwann, wir hatten alle schon einen leichten Sprachfehler, sabbelte er los. Ja, er sei heute im Rathaus gewesen und hätte seine Bewerbung für die Bürgermeisterwahl abgegeben!

Entsetzen. Totenstille schlappte wie eine nasse Pferdedecke über den Stammtisch. Berti, die Kanaille, will Bürgermeister werden. In Westerland. Einige in der Runde waren schlagartig nüchtern, andere antworteten mit zittrigen Speichelfäden aus den Mundwinkeln. Alle Augen zappten matt, aber in den Köpfen brodelte es heftig. Die Männer hier an diesem Tisch hatten schon so viel gesehen, draußen in der Welt, Leben und Sterben, Vulkanausbrüche und Revolutionen, tausend nackte Weiber und Bier aus Mais. Ihnen war nix unmenschliches fremd. Aber Berthold als Bürgermeister – soviel kann man gar nicht saufen, damit das vorstellbar wäre. Das würde bedeuten: Beton im Rathaus statt Granit in der Friedrichstraße.

Olli schaute ihn an, verächtlich schnaufend und mit Schweißperlen auf der Oberlippe: »Kannst du denn das überhaupt, du Null? Du schaffst es ja nicht einmal, deiner Schneeräumpflicht nachzukommen.«

Whooww – Volltreffer, mehr davon!! Doch Berthold triumphierte. Als Außenbeamter der unteren Landschaftsschutzbehörde ist er seit Jahren bestgehasster Mann auf Sylt. Sein Leben sind

Rückbauverfügungen von Strandkiosken, Gastrosonnenschirmen und Fahnenmasten. Sein Meisterstück war eine Anzeige gegen die Umweltschützer-Mafia wegen der Kegelrobbenkacke am Hörnumer Strand. Damit hatte er es sogar bis auf die Titelseite der Bild-Zeitung geschafft.

Berthold als Bürgermeister – und ein ganzes Rathaus müsste auf die Anti-Mobbing-Couch! Normale Menschen würden bei so einem Job, wie er ihn mit Freude ausfüllt, an Selbstzweifel und sozialer Ausgrenzung zerbrechen. Doch Berthold mag es, wenn ihm Hass entgegenschlägt. Dann weiß er, dass er Macht hat. Wenn ihm die Autoreifen zerstochen werden oder aus wilder Rache ein nasser Stein seine Fensterscheiben durchrauscht, dann ist ihm das Beweis, dass er seine Arbeit ordentlich gemacht hat, und er freut sich wie ein doofes Kind.

Na sssuper. Und diese Mensch gewordene charakterliche Deformation will Bürgermeister werden. Ich sah förmlich, wie der innere Quasimodo hinter seinem Gesicht die Augen verrollte. Berti beugte sich vor, griff mir ins Haupthaar und zog mich zu sich ran, dass ich die geplatzten Adern in seinen Augen sehen konnte und meine Nasenhaare seine Nasenhaare berührten – sein heißer Atem roch wie Pinkelstein: »Und wenn du Suppentrulli behauptest,« strunzte er, »ich sei der Aufgabe nicht gewachsen, dann treibe ich dich nach Niebüll ins Exil.« Dann schubste er mich zurück und ich fiel wie ein Sack Kaminholz in meinen Stammtischstuhl.

»Nein, nein, auf keinen Fall,« entgegnete ich, denn nach acht Freibieren werden meine Wertvorstellungen Flaneure. »Aber wäre es nicht für alle besser, wenn du Chef der Eisenbahn würdest. Da wird noch ein harter Hund gesucht. Was die zur Zeit hier an der Westküste abkaspern, das ist doch'n Ding für Amnesty International! Sprich doch mal mit den Pendlern aus Klanxbüll. Bei denen ist die Stimmung wie in Mekka, wenn man dort eine Marienstatue durch den Ort tragen würde.«

Olli, der die stepptanzende Dramaturgie unseres Gespräches überhaupt nicht gerafft hatte, weil er den ganzen Abend schon versuchte, sich einen verkeilten Grünkohlstrunk des vergangenen Februars aus den Zahnlücken zu pulen, meldete sich brachial zu

Wort: »Oder bewerbe dich doch beim europäischen Schlagerwettbewerb. Da suchen sie Typen, die nicht singen können.«

Das war lustig. Ich musste lachen, bis stark gehopfter Harndrang mich mäßigte: »Genau so isses. Noch zwei Bier und du bist blind wie Corinna May, hast fettige Haare wie Guildo Horn und redest dummes Zeug wie Stefan Raab. Und wenn du dann ›Rolling Home‹ in Riga auf Friesisch singst, dann denken die Dänen, das ist hebräisch und wir kriegen sogar quatre Points von den Faörern! Prost auf Berthold, den singenden Bürgermeister aus Westerland.«

Niemand lachte. Alle schauten mich mitleidig an und sogar Olli machte mir den rechthändigen Scheibenwischer. Aber es ist total schwer in dieser Zeit der Beliebigkeit. Keiner kann was, und jeder darf alles. Vielleicht ist es wirklich besser, wenn Berthold Bürgermeister wird. Sonst wird es noch Stefan Raab ... oder Dieter Bohlen.

Es wird Zeit in unserem Lande, dass Leistung sich wieder lohnt! Ich zum Beispiel habe meine Frau für den Nobelpreis für Medizin vorgeschlagen: Es war am Morgen nach dieser Stammtischrunde. Da hat meine Süße die Menschheit – oder wenigstens Teile der Menschheit – gerettet, indem sie das Aspirin entdeckt hat ... in unserem Badezimmer, in der Schublade rechts unten ...

Dubiose Praktiken im Callcenter

Man kann den Verhaltensweisen von Olli Ohmsen ja mit einiger Berechtigung kritisch gegenüber stehen, aber eines muss man einräumen: Irgendwie ist er ein unternehmerisches Naturtalent. Schon als Jugendlicher verdiente er sich sein Taschengeld mit Porno- und Aquavitschmuggel aus Dänemark, später vermietete er sogenannte Toblerone-Mini-Appartements, schüttete Friesenwälle auf und vermakelte Bauland mit moorigem Untergrund – immer mit einem Fuß im Knast. Beispielhaft war auch sein »europaweiter Baustellentoilettenverleih«, so Ollis Anzeigenwerbung, der in Wahrheit aus zwei Dixi-Klos bestand, die er mit einem halb zerfallenen Pritschenwagen von Bauplatz zu Bauplatz zog. Wenn Olli Angestellte beschäftigte, hielt er sie mehr als Leibeigene, den Begriff »Personalführung« interpretiert er noch heute wie folgt: »Du musst deine Mitarbeiter so schnell über den Tisch ziehen, dass sie die Reibungshitze als Nestwärme empfinden...«

Gestern, im Supermarkt: Ich drückte gerade eine größere Menge Pfandflaschen in die Wand, um meine bargeldliche Situation aufzumöbeln, da sah ich Meta quasi im Laufschritt über den Parkplatz eilen. Hurtig, hastig, hektisch wuchtete sie ihre Einkäufe ins Auto, klemmte sich hinters Lenkrad und wollte schon losdüsen. Doch ich warf mich dazwischen und fragte sensationslüstern: »Moin, mien Meta, wie geiht die dat? Was macht die Kunst? Alles paletti? Auch bei Olli?«

Bei dem Stichwort leuchteten wunschgemäß ihre Augen auf und sie erwiderte: »Ach gut, dass ich dich sehe – dich hatte ich sowieso noch aufm Zettel. Du sollst dich unbedingt bei Olli melden. Sofort! Es ist dringend! Am besten, du steigst gleich mit ein!«

Ahh, das versprach interessant zu werden. Olli befahl mich zu sich. Was mochte das wieder für ein Irrsinn sein? Ich riss die Beifahrertür auf und kletterte über alte Fischreusen, einen Außenbordmotor und diverse Benzinkanister, während Meta mit aufheulendem Motor davon heizte, den Geruch verbrannten Gummis hinter sich lassend.

Gleich nach dem Start begann sie zu berichten, dass Olli einen erneuten Versuch begonnen hätte, unternehmerisch tätig zu werden. Die neue Geschäftsidee, meinte Meta geheimnisvoll, sei ein absoluter Kracher und sie beide kämen vor lauter Arbeit gar nicht mehr zum »Poofen«, wie sie sich ausdrückte. Zehn Minuten später, nach einigen schwerwiegenden, aber zum Glück ungeahndeten Verstößen gegen die Straßenverkehrsordnung, erreichten wir das Ohmsensche Anwesen. Etwas blässlich entstieg ich Metas Monstercar und folgte ihr ins Haus und durch die Diele.

Staunend blieb ich schon an der nächsten Tür stehen: Das, was ich als Wohnzimmer kannte, was mir als Ort gemeinsamer Zechgelage vertraut war, hatte sich extrem verändert: Da brodelte nun das pralle Leben eines Großraumbüros – Bildschirmarbeitsplätze statt Fernsehecke, Kabelstränge statt Gummibäume, gluckernde, krächzende Kaffeemaschinen statt still blubbernder Aquarien und hyperaktiv herumwieselnde Menschen statt Olli in Jogginghose mit Rallyestreifen vor der Fernsehkiste.

Der Herr des Hauses hockte geschäftig vor einem schnieken Notebook und brabbelte in sein Headset: »... jaja – nein – ja natürlich, gerne, ja, wir sind für sie da – stets und immer, jederzeit und tschüs.« Dann nestelte er sein Klemm-Mikrofon vom Schädel, stand auf, strahlte mich stolz an, machte eine ausladende Handbewegung und meinte: «Na Alter, was sagst du nun? Darf ich vorstellen: Ohmsens Call-Center. Mein Silicon Valley. Ollis Boomtown! New Economy kennt keine Standortnachteile. Gebt mir das Ende eines Glasfaserkabels, und ich sauge da den Zaster raus! Deutschland bekommt eine zweite und vielleicht seine letzte Chance – ich bin dabei!« Sprachlos, still und staunend sah ich mich um. Fast die komplette Nachbarschaft, von Geburt und Wesen her eigentlich arbeitsscheu wie Endmoränen, drängelte sich hier zwischen Trennwänden, vor PC-Bildschirmen, unter Kopfhörern. Dort vorne am Fenster: Schwager Berthold, da hinten Louise, seine Schwester, und sogar – ich glaubte es ja wohl kaum – mein eigenes, mir angetrautes Weib. Sie war gerade am Telefonieren.

Sowieso wollte ich sie nicht sofort zur Rede stellen, um einen öffentlichen Skandal zu vermeiden, auf den die feine Sylter Gesellschaft wohl nur gewartet hätte. Statt dessen wandte mich wieder dem dynamischen Jungunternehmer zu: »Sag einmal, für welche Firmen arbeitet dein Call-Center eigentlich? Und vor allem: Woher hast du denn die erforderliche Kompetenz und das Know-how? Wenn ich dein Personal so sehe – also, ich will ja niemandem zu nahe treten, aber worüber sollen die denn Bescheid wissen?«

Olli, statt im üblichen, verschlunzten Outfit heute hochwertigst und italienisch aufgedresst, mit Gelfrisur und Dreitagebart, schaute mich verächtlich an: »Typisch Bedenkenträger. Solche Leute wie du ziehen uns runter auf das Niveau von Bananenrepubliken wie Sierra Leone. Du Kirchenchorsänger, du bist eine wandelnde Pisa-Studie. Die Leute wollen kein Fachwissen – da können sie sowieso nicht mit umgehen. Die Menschen wollen, dass ihnen jemand zuhört. Schau mal hier, Jan Erik, mein Bengel, der bedient die Aldi-Computer-Hotline. Glaubst du, der weiß, was 60 Gigabyte Arbeitsspeicher und vier Fire-Wire-Highspeed-Schnittstellen bedeuten? Alles Schnickschnack, begreift eh' kein Mensch. Berthold ist zuständig für Sylter Bauantragsberatung und vertickt nebenbei Anteile für den Windpark vor der Insel. Er arbeitet eigentlich bei der Unteren Landschaftsschutzbehörde, hat sich da aber testhalber für vier Wochen krank schreiben lassen. Außerdem agieren wir als Call-Center für die Sylter Kurverwaltungen. Da benötigt man schon gar keine Schulung – da wissen wir Sylter sowieso Bescheid. Ach ja, und so ab 23 Uhr schalten wir alles um auf 0190 666 666. Mehr muss ich ja wohl nicht sagen. Da wird dann richtig Kohle gemacht.« Und seine Stimme drehte, nur so zum Spaß, ab ins Falsett, er piepste und stöhnte, als würde Dolly Buster die Radmutter des Autos von Gina Wild festschrauben: »Jaaa, gut so – gibs mir, jaaa, fester – jaaa!«

»Pfui Teufel, Olli!« erschrak ich, »hast du denn überhaupt kein Schamgefühl mehr?« Doch der lachte dröhnend: »Was soll das denn sein, Schamgefühl? Telefonsex ist Sozialarbeit, das ist von höchster Regierungsebene anerkannt. Sonst hätte Beate Uhse wohl kaum einen Verdienstorden einsacken können, oder?« fragte Olli rhetorisch und lenkte gleich zum nächste Komplex über: »Schau dir das mal an hier, meine neueste Business-Idee.« Er wandte sich einem Bildschirm zu, hackte etwas in die Tastatur, wieselte mit der Mouse übers Pad und auf einmal sah man auf der Mattscheibe einen Haufen nackter Weiber in einer Sauna, genauer gesagt: in der Sylter-Welle-Sauna! In Farbe und mit Ton. »Die filme ich mit Geheimkameras ab, stelle sie ins Internet und bewerbe sie in Tokio. Läuft ganz ordentlich: In einer Woche über 15 000 Zugriffe – gebührenpflichtig, versteht sich.« Ich muss wohl ein etwas verdutztes Gesicht gezogen haben, denn Olli brummte mich an: »Dich wundert das? Ja, weil du keinen Dunst hast von dem, was abläuft in einem Land wie Japan. Da ziehen sich die Männer gebrauchte Schulmädchendessous aus Münzautomaten, um daran zu schnuppern, das macht die tierisch an. Ist doch klar, dass sich Sylter Live-Saunabilder da prächtig verdudeln lassen.«

Nun wurde ich doch langsam unruhig. Ich beugte mich vor und raunzte ihn drohend an: »Und sag mir mal, mein Freund, für was für eine Hotline ist, bitte schön, meine Frau hier zuständig?« Olli grinste mich frech an: «Die bedient die Pausenclown-Hotline. Über den Preis müssen wir noch reden, denn die haben wir nur deinetwegen eingerichtet. Da werden den Besuchern deiner Kabarettabende die Pointen im Nachhinein erklärt. Deine Frau scheint ja die einzige zu sein, die damit klarkommt – und ich mag es dir fast gar nicht sagen: Die Leitung ist den ganzen Tag belegt ...«

Der ultimative »Stern«-Test

Wenn Personen in Deiner engeren Umgebung jeden ihrer Tage mit unbändiger Lebenswucht durchrauschen und dabei die Fähigkeit eingebüßt haben, bisweilen reflektierend inne zu halten, wenn solche Menschen dann aber doch irgendwann mal eine unfreiwillige Vollbremsung hinlegen und blassnäsig bemerken, dass die Show sich dem Ende zuneigt, dann geht das große Gejammere los. Sie hätten gerne noch etwas Zeit, sie hätten in ihrem Leben wohl doch alles anders machen sollen und – ach und weh – sie hätten ja noch so viel auf dem Zettel. So wie erst vor wenigen Tagen mein Freund Olli...

Er sah fürchterlich aus, wie vom Leben ausgekotzt. Rotäugig und mit hängenden Schultern schlich er ums Haus, bleich angefröstelt und den Schatten der Vergänglichkeit wie einen alten Teppich hinter sich herziehend. Ich erschrak: Schlimm dieses schon fast nicht mehr menschliche Abbild der Schwermut, ganz schlimm, echt! So hatte ich meinen Freund lange nicht mehr gesehen – ja, wenn ich etwas länger darüber nachdenke, noch nie!

Diesem Widerling, dem ich an manchen seiner Tage am liebsten ununterbrochen eine Dachlatte über die Rübe ziehen würde, ihm gehörte heute mein ganzes Mitleid! Er, diese fleischgewordene charakterliche Deformation, rührte mich donnerstark, als er im Rantumer Hafen neben seinem aufgetrailerten Makrelenräuberboot kauerte und – als wär's ein Abschied für immer – noch einmal über den Außenborder strich, mit zitternder Hand.

Freundschaftlich knuffte ihm in die Rippengegend und fragte mit einer Extraportion mitmenschlichen Timbres: »Mensch Olli, du krummer Hund, hey, was ist mit dir? Du siehst ja zum Löffelabgeben aus.«

Er schaute mich mit einem steinerweichenden Dackelblick an und seufzte elendiglich: »Ich habe nur noch drei Monate zu leben

oder zwei, wenn überhaupt. Genau genommen müsste ich schon tot sein.« Olli wandte sich von dem Boot ab und begann langsam davon zu schleichen.

Ich hängte mich natürlich dran, gerührt und mitfühlend wie ich im Moment dieser unerwarteten Mitteilung war: »Olli, was erzählst du denn da? Du hast dein Leben doch noch vor dir! Du bist doch erst 53 oder so!«

Inzwischen waren wir bei seiner Garage angelangt, die ihm als Büro, Werkstatt und Bar diente. Dort warf er mir den druckfrischen, allerneuesten »Stern« auf den Tresen und erklärte mit dumpfer Stimme: »Da kannst du alles nachlesen: Die Schreiberlinge haben das ganz genau ausgerechnet, wie das mit dem Leben bei uns so läuft. Da nimmst du dein Alter, rechnest deinen Lebenswandel mit rein, Essen und Trinken, Sprit, Poppen und Rauchen und so, dann deine Erbmasse, die miesen Gene von Oma und Opa und den Ahnen, die ihre kaputten Zellen aus dem Mittelalter rübergemendelt haben. Ganz wichtig ist auch, wie oft du Zoff mit deiner Alten hast und ob es dir dabei trotzdem gut geht. Das wird dann alles zusammengedattelt und nachm flotten Dreisatz kommt am Ende heraus, wie lange du hier noch auf diesem Planeten herumkaspern kannst!«

»Mensch, Olli, das ist doch alles Statistik!« wandte ich ein, denn der Mann benötigte jetzt dringend eine Dosis Zuversicht und Lebensmut. »Das kann alles sein, muss aber nicht. Ähh – was ist denn bei dir rausgekommen?«

Mein Gastgeber ploppte nun zwei Flens auf, und ehe ich meine Buddel überhaupt ansetzen konnte, wischte Olli sich nach dem ersten kräftigen Zug mit dem Handrücken bereits den Restschaum von der Oberlippe. Er hatte sich das komplette Bier in den Leib gestürzt, ohne zu knorpeln oder abzusetzen. Und dann konnte man förmlich zuschauen, wie das Leben in ihn zurückkroch und sich bald darauf schon wieder lustvoll aufbäumte. Er rülpste ebenso lautstark wie genussvoll, grinste frech und seine vormals hängenden Schultern plusterten sich nach der Infiltration der nächsten Gerstenkaltschale mächtig auf: »Ich sage dir, Alter, ich habe da eine Aneinanderreihung von Grenzwerten hingelegt, das hat die Welt noch nicht gesehn! Besonders im Bereich Essen und Trinken wollen die mich fertig machen!«

Ich blätterte in der Hamburger Illustrierten, die ich seit der Aufsehen erregenden Veröffentlichung der Hilter-Tagebücher nicht mehr in die Finger genommen hatte. Eine Menge Fragen zum Lebenswandel, zu Ernährung und Verdauung, über Umwelteinflüsse und soziale Vernetzung hatten sie sich ausgedacht, neunmalklug gewichtet und am Ende wurde einem gnadenlos offenbart, ob man den richtigen beziehungsweise dass man den falschen Pfad eingeschlagen hatte. Der eine schleppt sich halt durch ein lustloses und spassgebremstes Körnerleben und der andere lässt die Puppen tanzen und stirbt lachend im Elysium.

Olli stand neben mir und pochte mit dem Boden seiner Bierflasche auf die aufgeschlagene Seite: »Schau dir das an! Mein Bierkonsum kostet mich angeblich zehn Jahre, der Kaffee zwei und die Grillabende drei Jahre. Macht fuffzehn.«

Ich scannerte die Fragen mit meinen eisblauen Augen durch und konnte nicht umhin, das Dilemma zu bestätigen, zumal sich ein lebensverkürzender Anhaltspunkt an den nächsten todbringenden Faktor reihte: »...und dann hier, dein hemmungsloser und vor allem ungeschützter außerehelicher Sex, bis der Bandscheibenvorfall dich im vergangenen Jahr ruhiggestellt hat. Sechs Jahre werden allein dafür abgebucht. Problematisch ist übrigens auch die Häufung von Leberzirrhose in deiner Familie.«

Schon befürchtete ich, Ollis Horror-Addition, die er mit einem schmierenden Kuli in die Hochglanzillustrierte eingetragen hatte, mit einem nicht minder fatalen Endergebnis bestätigen zu müssen, da nahte die Rettung am Schluss des Fragebogens. »Olli, schau mal, hier kannst du mächtig punkten: Keiner kann so gut mit Stress umgehen wie du! Six Points!! Deine Eltern leben noch und sind quietschfidel: five Points!! Du treibst regelmäßig Sport, denk an die schweißtreibenden Wettfahrten mit Fischereiaufsichtsbooten – macht noch mal eight Points!! Und die Galeeren von Bier würgst du an Bord ja nicht trocken runter, sondern immer mit frisch gefangenem Seefisch, das ist so ziemlich die gesündeste Ernährung überhaupt!« Ich rechnete fieberhaft und kam zu einem rosigen Resultate: »Das bringt dir ungefähr 18, mit Rabatt und Bonus mindestens 22 Jahre«, schmetterte ich. »Und bis dahin kommt ein neuer Stern-Fragebogen heraus und da steht sicher drin, dass der Alkohol ein reiner Segen ist, weil er die freien Radikalen bekämpft oder irgend so'n Mist – und dann behauptet der Stern bestimmt, dass du zwangsläufig so alt wirst wie Johannes Heesters, so sieht's aus, mein Alter!«

»Sag' ich doch die ganze Zeit,« lachte Olli nun und feuerte das Hamburger Periodikum in die hinterste Ecke seiner Garagenbar, »also hol' deine Angel, die Plattfische warten auf uns. Ich belade das Boot schon mal mit ein paar Gallonen Bier. Wir müssen dringend was für unsere Gesundheit tun...«

Schweigen ist die Sprache der Götter

Dass die Kommunikation für die Menschen so wichtig sei wie die Atemluft, dass ein Gespräch zu den unverzichtbaren Lebenselementen zählt wie etwa der Schlaf oder die Zärtlichkeit, das ist genau so ein Schwachsinn, wie die Behauptung, die Erde sei eine Scheibe oder Dieter Bohlen ein »Pop-Titan«. Der Großaustausch von Belanglosigkeiten erfüllt die Hemisphäre mit einem schnatterigen Hintergrundrauschen, das nicht nur Flora und Fauna verunsichert, sondern auch viele Menschen, denen im Vergleich dazu ein Hörsturz mit chronisch-komplexem Tinnitus als Glücksfall und Erholungsquell erscheint. »Schweigen ist Sache der Götter; nur Affen schwatzen«, sagt der Chinese. Ich selbst bin auf der Flucht vor sinnloser Kommunikation seltsam sportiv geworden ...

Kürzlich nahm ich am Geburtstagsfest eines westfälischen Geldsacks teil. Eigentlich ein ganz netter Kerl. Wollte aber auf »Gutmensch« machen – und das ging prompt daneben. Er hatte Freunde und Geschäftspartner aus aller Welt eingeladen und, wie er das nannte, »gemischt« platziert: Türken neben Griechen, Rheinländer neben Westfalen, Christen neben Moslems und Porschefahrer neben Ferraristen. Der Träumer glaubte tatsächlich, dass diese bis aufs Blut miteinander verfeindeten Gruppen übers Gespräch zueinander finden würden, so nach dem biblisch-Simmelschen Motto: Alle Menschen werden Brüder. Lächerlich! Das Fest begann mittags, zog sich quälend lang über den Nachmittag hin bis zum Abend und musste schließlich durch einen robusten UNO-Blauhelmeinsatz gegen Mitternacht beendet werden: Es hatte sich durch ritualisierte Zwangskommunikation soviel zusätzlicher Hass aufgebaut – das hätte leicht für mehrere Pogrome gereicht. Ich persönlich bin der Auffassung, die ich nicht nur für diesen Fall vertrete: Es wäre vorteilhafter gewesen, wenn ein jeder hübsch zu Hause geblieben wäre

und dort im Internet gesurft, seine Frau beschlafen oder am besten mit dem Hund gespielt hätte. Der Geburtstagsehre des Gastgebers hätte man mit einer wohlformulierten, knappen Email Rechnung tragen können.

Auch manch eheliche Partnerschaft wird durch eine Überdosis von Text in Mitleidenschaft gezogen. Wenn ich mich beispielsweise in den Kursälen von Westerland und Wenningstedt abkaspere und meine Zuckerschnute am Buchtisch herumhökert, dann muss sie sich unvermeidlicher Weise mein krauses Gerede zum tausendsten Male anhören, die Arme. Zum Ausgleich und zur Belohnung schweige ich sie den Rest der Woche an. Sie wirkt, als sei sie dafür ausgesprochen dankbar.

Im vergangenen Jahr habe ich sie in einem Anfall von Unvorsichtigkeit den Urlaub organisieren lassen. Die Wahl fiel auf Mallorca, das war nichts Besonderes. Aber meine Reiseleiterin hatte die ihr unverhofft zugewachsene Kompetenz anderweitig eingesetzt und verfügt, dass wir zwar im selben Ort, aber in unterschiedlichen Hotels Quartier nahmen. Die Folge: In den drei Wochen sind wir uns nur per Zufall einmal im Cafe begegnet. An unterschiedlichen Tischen sitzend winkten wir uns fröhlich zu. Auf dem Rückflug haben wir dann wieder nebeneinander gesessen. Sie sagt, sie habe sich super erholt.

Das mag für manchen Spießer befremdlich klingen, aber seien wir doch ehrlich: Sobald die Kinder aus dem Haus sind, ist in einer Partnerschaft gängigen Zuschnitts doch eigentlich alles gesagt. Über neunzig Prozent dessen, was zwischen Wohnzimmer und Küche so ausgetauscht wird, kannst du doch in die Tonne hauen: »Ich verstehe dich nicht!« oder noch schlimmer: »Du verstehst mich nicht!« Von »Du liebst mich nicht« über »Geh' doch zu deiner Mutter!« bis hin zu: »Die kocht sowieso besser als du!« reichen die Verbalitäten, die als Dumm-dumm-Geschosse starten und als Tintenkugeln zerplatzen. Selbst für die verbleibenden zehn Prozent bräuchte man seinen Partner nicht sprachlich zu behelligen. Durch wiederholtes Lesen des eigenen Ehevertrages, geschickte Nutzung der Suchmaschine »Google« und gelegentliche Denkarbeit kann man fast alle offenen Fragen selbst beantworten.

Wenn Aliens irgendwann einmal die Erde entdecken, dann nicht wegen des Ozonlochs oder putziger herumfliegender Wettersatelliten, sondern weil es in dieser Ecke des Universums in Folge pausenlosen Daherredens und Dahinplapperns so verdammt laut ist!

Und überhaupt, diese Unsitte des sich gegenseitig Einladens und/oder des in den Kneipen Herumsitzens! Da wird kostbarste Lebenszeit verbrannt wie einst Aktien am neuen Markt: Man trinkt, egal ob man überhaupt Durst hat, man muss sich idiotische Geschichten anhören bis einem die Ohren piepen und, das Schlimmste, man muss auch noch selbst mitreden, Interesse vorgaukeln, Meinungen und Überlegungen vortragen, die man selbst kaum mehr hören kann, weil man sie schon so häufig artikuliert hat. Über Stunden Aufmerksamkeit vortäuschen, immer im rechten Moment »Mensch, ist ja toll!« oder »Ach was?« oder »Gibs ja gar nich!« beziehungsweise »Das glaub ich jetzt aber grad nich!« einschieben, das empfinde ich als total anstrengend, das ist für mich Arbeit – hinterher habe ich regelmäßig Kopfschmerzen und einen total verspannten Nacken nach solchen »Unterhaltungen«. Meine Frau behauptet immer, das käme vom Bier. Na bitte, da haben wir's: Auch so ein Spruch, der unter die 90% Ausschuss fällt!

Sehr zu bedauern ist in diesem Zusammenhang übrigens der Niedergang des Tennissports. Ein wunderschöner Zeitvertreib für wortkarge Schöngeister wie mich, und zwar gleich in zweierlei Hinsicht, aktiv und passiv. Bei Grand-Slam-Turnieren mit Stefanie Graf und Boris Becker durfte ich, ohne dafür kritisiert zu werden, wochenlang, auch tagsüber, Tennis gucken und hatte früh klar gemacht, dass ich dabei nicht gestört zu werden wünschte, ja, ich hatte sogar ein Pappschild fürs TV-Zimmer fabriziert, das ich bei Bedarf von der Flurseite her an die Tür hängte: Do not disturb!

Auch selbst zu spielen ist nicht ohne. Denn der Gegner steht weit entfernt – du siehst ihn kaum. Man haut sich die Filzbälle um die Ohren, stöhnt manchmal ein wenig herum, und bei einem Netzroller schickt man ein verlogenes »Tschulligung« auf die andere Seite. Ich habe sogar mein System eigens von Serve-and-Volley auf reines Grundlinientennis umgestellt, um nicht zu häufig ans Netz und damit in die Rufweite meines Gegenüber zu geraten.

Auch Segeln ist diesbezüglich eine tolle Sache. Du stehst am Ruder, alles Zeug ist raus, der Wind kommt mit sechs, sieben Stärken achterlich und du sprichst mit Ekke Nekkepen und ihr seid euch einig, dass ihr alles wieder »sssupergut« gemacht habt, während sich der Vorschoter leeseitig erbricht, was insofern zu begrüßen ist, als er dadurch den weihevollen Moment nicht kaputt sabbeln kann.

Dagegen Golf! Um Himmelsillen, welch ein entarteter Sport! Aufgedresst mit Klamotten, die ich nicht einmal zum Fasching anziehen würde, zieht die Erbengeneration durch Heide und Bunker, Grassoden vor sich hertreibend und derart laut miteinander parlierend, dass alle Karnickel im Umkreis sich die Gnade der Harthörigkeit herbeiwünschen. Würden diese Golfer ihren läppischen Sport doch wenigstens schweigend verrichten! Er ist doch sowieso ganz einfach auszuüben: Man holt mit dem Schläger aus, haut ein Loch in den Boden, flucht und geht weiter. Von Kommunikation steht nichts in den Regeln ...

Sylt, Mekka der Monomanen

Sollte es tatsächlich zutreffen, dass nicht die so genannte »Erholung«, im Klartext also das plumpe Faulenzen, Hauptreisegrund der Deutschen ist, sondern vielmehr das interessierte Studium fremder Menschen, Sprachen und Kulturen, dann kann der Sylter getrost zu Hause bleiben. Denn was uns die Urlaubszeit hier für ein menschliches Panoptikum vorführt, ist ein Geschenk, für das wir tagtäglich dem himmlischen Vater dankbar sein sollten. Absonderliche Biographien, abstruse Weltanschauungen, charakterliche Deformationen und Lebensentwürfe wie aus dem Trickfilmstudio mieten sich bei uns ein und beweisen, dass wir zwar ganz am Rande der Republik leben, aber zugleich auch mittendrin sind ...

Mein Schwager Berthold zum Beispiel beherbergt einen Gast aus Hessen, der sich im vorigen September »nur mal für 'ne Woche« hatte einquartieren wollen. Er ist immer noch da! Seinen Job zu Hause haben sie wegrationalisiert, die Altersversorgung hat er weiland am Neuen Markt verbrannt und seine ältere Tochter hat nach 22 Semestern kurz vorm Examen ihr Sozialpädagogikstudium geschmissen. Sie will nun erst einmal 'ne Zeitlang töpfern und später vielleicht »auf Heilpraktikerin machen«.

Seine Frau Gemahlin ist unterdessen auf dem Ayurveda-Trip. Dreimal schon ist ihr beim Telefonieren der Hörer aus den öligen Fingern geflutscht. Zu allem Unglück hat sich für den Zeitpunkt seiner Rückkehr die Steuerprüfung angemeldet und schließlich hat der herbstlich-hessische Dauerregen dafür gesorgt, dass in seinem Keller die Etiketten der sündhaft teuren, französischen Weine fröhlich auf kniehohem Wasser schaukeln.

Und gestern rief die jüngere Tochter an, um stolz zu berichten, dass sie von ihrem neuen Freund, einem schwarzhaarigen und glutäugigen Sohn des Morgenlandes, dem amtierenden Breakdance-Meister von Hanau-Tümpelgarten, ein Kind erwarte.

Jetzt hat dieser vom Schicksal durchgerüttelte Mensch beschlossen, sein Handy abzumelden und überlegt ernsthaft, hier auf Sylt berufliches Asyl zu beantragen. Ja, er möchte gern Kurkartenkontrolleur werden und er spiele mit dem Gedanken, zwecks optimaler Vorbereitung im Winter einen Crashkurs in Friesisch zu belegen.

Zu einer Begegnung der dritten Art geriet kürzlich bei Olli und Meta die Einmietung eines obskuren Gastes. Hätte ich rechtzeitig davon erfahren, mein Gott, ich hätte ihnen von diesem Beherbergungsvertrag dringendst abgeraten! Wie sich im Nachherein aus der Aktenlage ergab, handelte es sich um einen Diplom-Psychologen, der bis zu seiner Frühpensionierung – er konnte glaubhaft machen, ständig einen Brummton zu hören – als Leiter eines Amtes für alternative Lebensformen gewirkt hatte. Oben rum, also vom Scheitel bis zum Kragen, sah er aus wie der Vogelwart von Scharhörn, dann schloss sich ein flauschiger Eugen-Drewermann-Pullover an, dem folgte eine beige-braune Cordhose, ein sackähnlicher Anachronismus der 70er Jahre, und am unteren Ende steckte die Männerkarikatur in Gesundheitsschuhen, die offenbar Entenfüßen nachgebildet waren. Dass er nur warme Milch trank, täglich zweimal mit »Muttern« telefonierte und sein Fischbrötchen nicht bei Gosch, sondern nachweislich in der Westerländer »Nordsee«-Filiale kaufte, musste schon stutzig machen. Auch sah er nie fern, sondern hörte immer nur »NDR Info« – und das im Urlaub. Doch zur Katastrophe kam es, als er sich Einlegesohlen mit eingearbeiteter Magnetschleife kaufte, die laut Waschzettel die »negativen Energien« ableiten sollen. Nachdem er die Dinger umständlich in seine Schuhe reingefummelt hatte, rannte er damit zur Probe ein paar Mal über den Teppich in Ollis Appartement, einem Synthetikmonster aus dem vergangenen Jahrhundert. Bei diesem Akt jedoch lud sich unser Sonderling mit positiver Energie auf wie der elektrische Schweinetreiber von Bauer Piepenbrink. Die Folge: Beim anschließenden »Bummel« durch Westerland wirkte er wie ein durchgeknalltes Trafohäuschen! Fahrstühle blieben stehen, elektrische Türen sprangen auf, Alarmanlagen heulten in seinem Dunstkreis los und der Geldautomat der Sparkasse spuckte ihm

500 Euro vor die Füße, noch bevor er seine Bankcard aus dem Brustbeutel gefingert hatte.

Am nächsten Tag fuhr er zurück ins heimische Hamburg. Dass er vorher noch mit seinen Heizplatten an den Füßen sämtliche Auto-Navigationsanlagen lahm legte und die Morsumer deswegen nicht mehr den Weg nach Archsum fanden, wurde ihm gar nicht bewusst. Er wunderte sich nur, dass sein Zug 28 Minuten vor der regulären Ankunftszeit Altona erreichte, ein Novum in der hundertjährigen Geschichte der Marschenbahn! Ja, die Magnetschleifen brummten vor Wonne und hatten die simple Elektronik der DB-Dieselveteranen auf ungeheure Touren gebracht.

Als er kurz darauf durch die Hamburger Innenstadt taperte, um im Körnerladen Müslischrot zu kaufen, legte er, buchstäblich im Vorbeigehen, die U-Bahn still. Die Ampeln schalteten schlagartig auf Rot. Inzwischen war er aber schon von den Infrarot-Satelliten des amerikanischen Geheimdienstes CIA entdeckt worden und in Höhe Gänsemarkt sammelte ihn schließlich ein bis auf die Zähne bewaffnetes Sonderkommando für Terrorismusbekämpfung ein.

Meta und Olli wurden anschließend drei Tage vom BKA verhört, ob der Festgenommene Kontakte zur Sylter Flugschule gehabt habe. Doch als sie berichteten, dass der gute Mann nicht einmal in der Lage gewesen war, eine Magnetstreifenkarte zu bedienen, weshalb er sich für fast drei Tage in eine Umkleidezelle der »Sylter Welle« eingeschlossen hatte, wurde er von jedwedem Terrorismusverdacht freigesprochen. Später hat er sich, so haben wir gehört, um den Job des Gesundheitssenators bei einem gewissen Herrn Schill beworben.

Was ich damit sagen will? Ganz einfach: Hier auf Sylt lernst du Feriengäste kennen, die triffst du nicht im Orient und nicht im Okzident. Wozu also sollte unsereins da hinfahren?

Nordfriesische Traumdeutungen

Um eine Tatsache kommen wir nicht herum: In deutschen Landen träumen die Einwohner hauptsächlich von Sylt. Egal ob die Bussi-Society in Düsseldorf, die hanseatischen Pfeffersäcke von der Elbchaussee, die Kokoschinskys aus Wanne-Eickel oder die spätpubertierende Halbprominenz aus den Vorabendserien des Fernsehens: Glauben Sie bloß nicht, was die so in Talkshows herumerzählen, um sich interessant zu machen! Denn wenn man sie mal ordentlich durchrüttelte, ihnen unter Androhung von Gewalt eine ehrliche Antwort entlocken würde, dann wäre Schluss mit all den Märchen von Mallorca, Ibiza und aus der Toskana. Sie würden dann unumwunden zugeben, dass auch sie von Sylt träumen und dass es gute Träume sind, die sie da träumen. Doch was träumen sie bloß im Einzelnen? Natürlich nur konfusen Kram, Eiertanz, Quatsch und Ferkeleien! Einige von ihnen gehören nicht auf den Autozug nach Sylt, sondern auf die Couch! Erbarmungslose Analyse ist bei denen angesagt. Wir alle müssen lernen, Sylt-Träume zu deuten. Das kann natürlich nicht jeder. Da müssen Spezialisten ran, Typen, die in der Psychoanalyse ebenso zu Hause sind wie auf dem Ellbogen. Sie ahnen es schon: Hier sind sie, meine ganz persönlichen Traumdeutungen – ohne Freudschen Sexualklimbim und fernöstlichen Ganzheitshumbug. Stattdessen friesisch, sprich: erdig, lebensnah, handgemacht und sortiert nach Themen und Namen, die Sylttträume erfahrungsgemäß öfter durchziehen als es angebracht wäre.

Claudia Schiffer

Immer dran denken: Wenn du von Claudia Schiffer träumst, dann hast **du** ein Problem – und nicht die welkende Catwalkerin. Die Hoffnung, dass sie irgendwann einmal am Kurkartenkontrolleurshäuschen vor oder hinter dir stehen wird, ist ähnlich null. Eher wird der Papst Bürgermeister von Kabul, als dass die Schiffersche ihre Werksferien auf Sylt verplempert.

Reisende Riesen im Wind

Wer häufig davon träumt, er hätte Sex mit grünen Riesen mitten auf dem Westerländer Bahnhofsvorplatz, der sollte in Zukunft vor dem Schlafengehen keinen Grünkohl mehr essen. Es sei denn, es waren nachweislich außerordentliche Mengen Aquavit verantwortlich für diesen feuchten Traum. Wie auch immer: bitte Notizblock und Kugelschreiber auf dem Nachttischchen deponieren und sofort nach dem Erwachen aufschreiben, wie die Riesen-Nummer war – möglichst unter Verwendung derber Wortwahl und krasser Zeichnungen – und dann die Geschichte in einem verschlossenem Umschlag direkt an mich.

Windows XP
Du zermarterst dir im Halbschlaf dein kleines Stammhirn, wie du das neue Betriebssystem Windows XP auf deinen PC geladen bekommst. Ja, bist du denn größenwahnsinnig? Du bist doch schon an Windows 95, 96, 97, 98, 99, 2000, 2001, 2002 und 2003 kläglich gescheitert, versuchst immer noch, über die Wählscheibe deines antiken Fernsprechgeräts ins Internet zu gelangen! Und wenn dir der achtjährige Sohn deines Nachbarn mit ein paar Tastenberührungen die Suchmaschinen-Startseite »Google« auf den Schirm zaubert, brauchst du glatte acht Stunden, um dir eine scharfe Erotikseite von Beate Uhse »runterzuholen«. Das kann doch wohl nicht angehen. Mein Tipp: Dreh' dich auf die andere Seite und träume von den ->**Reisenden Riesen im Wind**.

Westerländer Rathaus
Du schreckst hoch, atemlos und schweißgebadet. Ein Gedanke treibt dein Herz zu Hochfrequenzen: Hast du vorm Schlafengehen ordnungsgemäß gebetet? Das Westerländer Rathaus ist in so einem Traumfalle als Symbol der Entspannung und Geborgenheit zu begreifen: Die Bürgermeisterin hat alles im Griff. Sie hat sicher für dich mitgebetet.

Rudolf »Bin baden« Scharping:
Du träumst vom Ex-Bundesbademeister? Bist du denn jeck im Kopp? Da hast du monatelang Zivildienst geschoben, hast dir in Schweigekreisen gegen den Krieg die Füße plattgestanden und Betroffenheitskerzen in die Fenster gestellt und jetzt flattert durch deine Träume keine blau-weiße Friedenstaube, sondern die oberbräsige Turteltaube Rudolf »Bin baden« Scharping? Das ist das Resultat, wenn sich einer stundenlange Diskussions-Sondersendungen mit Peter Scholl-Latour auf »Phoenix« reinzieht und hinterher vor lauter Bammel in olivgrünem Pyjama und mit Stahlhelm schlafen geht.

Geldautomat
Du hast geträumt, dass der Geldautomat nicht nur deine EC-Card geschluckt, sondern auch deine rechte Hand mit reingezogen hat.

Dieser Traum ist weit verbreitet und von sehr lebensnaher Symbolik. Er versinnbildlicht, dass du den mehrfachen schriftlichen Rat deiner Bank beherzigen solltest, dein Konto von roten auf schwarze Zahlen umzustellen. So ein Girokonto ist ein Lebensleistungs-Durchlauferhitzer, aber doch keine finanzpolitische Hängematte!

Gruppensex

Du träumst von Gruppensex in den Wanderdünen?!? Oh, Entschuldigung, da wollen wir lieber nicht stören. Was? Wir stören überhaupt nicht? Du bist sowieso gerade ausgepumpt und benötigst dringend eine Pause? Wie schön, dann lass uns doch mal darüber reden. Was will uns dein Gruppensex-Traum sagen? Er will uns bedeuten, dass du danach trachtest, hier auf Sylt nette Menschen kennen zu lernen, Mitbürger, die ähnliche Interessen verfolgen wie du. Das ist doch schön, denn das wollen wir ja alle irgendwie und irgendwann. Aber muss die Interaktionsbereitschaft tatsächlich bis hin zum Austausch von Körperflüssigkeiten gehen und unter freiem Himmel stattfinden? Noch dazu in einem sensiblen Naturschutzgebiet? Geht's nicht 'ne Nummer kleiner. Würde es für den Anfang nicht reichen, einen Volkshochschulkurs im Klappholttal zu belegen oder dem Norddörfer-Sportverein beizutreten? Auch in der Kommunalpolitik soll mancher schon seine Erfüllung gefunden, auch dort geht es ja manchmal drunter und drüber. So, na schön, du willst also mal darüber nachdenken. Das ist doch schon mal ein Ansatz ... Aber jetzt willst du erst einmal weitermachen ... in deinem Traum ... na gut, da kann man nichts machen .. aber pass wenigstens auf, dass du den Strandhafer nicht platt machst!

Herbert Seckler

Du hast von Herbert Seckler geträumt?!? Das glaube ich nicht. Sicher hast du vom Fischfondue im Sansibar geträumt, du Glücklicher! Es ist ein Albtraum gewesen? Dir war, als hättest du einen besseren Bordeaux aus der Sansibar-Weinkarte bestellt, einen für 550 Euro? Du Flötengesicht! Schau mal etwas genauer hin: Das ist nur die Mehrwertsteuer!! Der Endpreis für diesen französischen Schnutentrecker beträgt 3990 Euro, das muss der Wirt haben, er trägt schließlich das Risiko.

Neuer Markt

Unruhig und von Angstschweiß eingenässt wälzt du dich in deinem Bette, weil du träumst, dein ganzes Geld am Neuen Markt

investiert zu haben. Und plötzlich stellst du fest, dass man mit diesen »Penny-stocks« seine Altersversorgung nur unkomfortabel gestalten kann. Über Nacht ist Schluss mit Hongkong und Hawaii! Fortan sind Hanau und der Hunsrück angesagt! Da war deine Oma schlauer. Die hat ihre Rente auf dem Sparbuch geparkt und streicht stolze 1,25% Zinsen ein. Jetzt sitzt sie fröhlich lachend bei ->**Herbert Seckler**, während du von ->**Geldautomaten** fantasierst.

Aquatania

Dir träumte, dass Aquatania, die Wissens- und Wasserlandschaft auf 18 000 qm in Westerland-Süd, täglich von zwanzigtausend Menschen besucht wird und wöchentliche TV-Berichte darüber Sylt zum touristischen Mittelpunkt Europas machen, dass Kurdirektor Douven wegen seiner Beharrlichkeit in den erblichen Adelsstand erhoben und Bürgermeisterin Reiber mit der Freiherr-von-Stein-Medaille in Gold ausgezeichnet wird. Begründung der Jury: Durch die von »Aquatania« erwirtschafteten Überschüsse kann die gesamte Westerländer Innenstadt mit weißem Carrera-Marmor gepflastert werden. Eine an Luxus nicht zu überbietende, architektonische Weltneuheit. So etwas träumst du?!? Ja, stehst du unter Designerdrogen oder was? Die friesische Traumdeutung ist in diesem Fall unzweideutig: Solche Menschen leiden unter galoppierendem Realitätsverlust und sollten dringend ihre Bettlektüre überprüfen. Finger weg von Science fiction, besser Tatsachenberichte von Erich von Däniken lesen!

Letzten Autozug verpasst

Obwohl du in deinem Paniktraum mit 130 Sachen durch liebliche Ortschaften geheizt bist und in Risum-Lindholm einen Rübenroder halsbrecherisch rechts überholt hast, ist dir der letzte Autozug wieder mal vor der Nase weggefahren. Selber Schuld, du Feigling, du Rehstreichler: Wenn du Sande mit 170 durchbrettert und im Kreisverkehr dem Polizeiwagen brutal die Vorfahrt genommen hättest, dann wärst du noch verladen worden und könntest jetzt im Hotel »Tetrapodenblick« von ->**Claudia Schiffer** träumen ...

»Geld her, aber dalli!«

Dass sich Weihnachten vom betulichen Familienfest zu einem medialen und ökonomischen Mega-Event entwickelt hat, ist nicht annähernd mit der esoterisch-religiösen Durchdringung zu erklären. Hauptgrund ist natürlich, dass die Menschen lustvoll und mit beiden Händen Geld zum Fenster hinauswerfen können. Die schrecklichen Folgen sind mit nutzlosem Tand und Tinnef zugemüllte Wohnungen und von Liebesbeweisen erstickte Partnerschaften. Voraussetzung für solche Kaufrausch-Amokläufe ist natürlich die Verfügungsgewalt über die nötigen, liquiden Mittel, vulgo: Schotter musst du haben! Den kann man sich entweder leihen (sehr unangenehm), erarbeiten (sehr mühselig), man kann ihn ererben (manchmal sehr langwierig), erschwindeln (sehr kompliziert) oder erbeuten (immer sehr aufregend). Der Ablauf eines Bankraubs zum Beispiel wird durch das kulturelle und ethnologische Umfeld geprägt. Ein Besitzwechsel größerer Mengen Geldes durch Androhung unmittelbarer Gewalt, etwa durch das Herumfuchteln mit Schiessprügeln, inszeniert sich in Chikago oder Sao Paulo elementar anders als in Unaften oder Schnatzlreuth an der Schnatter. Und auch auf unsere geliebten Heimat- und Urlaubsinsel Sylt passt ein handfester Überfall so gut wie Grünkohlgerichte, Bosseln und Ringreiten. So wie neulich in einem unserer renommierten Geldinstitute ...

Ein Bankräuber tritt an den Zahlschalter, lupft eine Pistole aus der Manteltasche und krächzt: »Banküberfall – Geld her – alles!« Der Geldwühler jedoch schaut ihn nur kurz mit seinen eisblauen Augen an und knurrt: »Haben sie mal in den Spiegel geschaut, Mann? Sie sehen echt verheerend aus. Diese Strumpfmaske steht ihnen ja überhaupt nicht.«

Der nette Schalterbeamte hat recht. Durch das Über-den-Kopf-Ziehen eines Nylonstrumpfes hat sich das Antlitz unseres Outlaws stark ins Bratwursthafte verändert. Seine gequetschte Nase ähnelt nun einer Unterputz-Nasszellen-Steckdose und die zum Kinn hin verschlappte Unterlippe lässt ihn aussehen wie Jassir Arafat im Küstennebelrausch. Der Tunichtgut beugt sich betroffen zum Zahlteller und flüstert: »Das hat meine Frau auch schon gesagt, aber ich trage das Ding ja nur auf Arbeit.« Beim Reden saftet er einen steten Speichelfluss durch die Tarnmembrane, was seiner ohnehin spärlichen Attraktivität nicht gerade zugute kommt.

In der Schlange hinter ihm macht sich langsam Unruhe breit. Rechtschaffene Bürger äußern Kritik am schleppenden Fortgang der Untat vorne am Schalter. Als er das mitbekommt, schnellt der Bankräuber herum und brüllt: »Kapitalverbrechen! Alle hinlegen!« Doch da hat die geldgierige Kanaille wohl vergessen, dass er es mit Syltern zu tun hat: Kopfschütteln, verschränkte Arme und trotzig nach vorne geschobene Unterkiefer sind die Folge – keiner legt sich hin. Rudolf Schwenn, Hotelier in Morsum, wagt sogar Widerworte: »Vor drei Uhr früh leg ich mich nie hin, Mann!« Und ein Kampener Gastronom lässt gewisse Fachkenntnisse aufblitzen: »Ein anständiger Banküberfall dauert 20 bis 30 Sekunden und du eierst da schon bald zehn Minuten rum. Bist du noch in der Probezeit oder was?!« Meckerndes Gelächter dankt es ihm.

Der Unterling tupft dem Zinsknecht seinen Pistolenlauf in den Flauschpullover und fordert: »Los, Alter, komm rüber mit dem Zaster, aber dalli!« Der Kassierer schiebt die Bleipuste zur Seite und bellt: »Du Null, ich geb' dir doch kein Bargeld – dann stimmt doch heute Abend meine Kasse nicht!!« Der Räuber heult verzweifelt auf und kräht: »Das hier issn Banküberfall, du Erbsenzähler. Meinssu, ich mach' diesen Faschingszauber hier zum Spaß?« Im Hintergrund fangen die Kunden erneut zu tuscheln an. »Hast du das gehört, wie der daherredet? So etwas Plumpes und Primitives – wahrscheinlich aus Morsum, der Kerl, oder was meinen sie?«

Der Bänker hat sich mittlerweile vom Hocker hochgewuchet, beugt sich vor und beäugt neugierig die Knarre, die vor ihm herumzittert: »Das ist ja toll, Mensch, 'ne echte Siebenfünfundsechziger Walther von der Vogelweide.« Dabei steckt er seinen Zeigefinger in den Lauf und mit einem satten »Plopp!« schmatzt er ihn wieder heraus. »Wie viel hast du denn dafür bezahlt?« Der Desperado

freut sich, dass sich endlich mal einer für seinen Beruf interessiert, und berichtet eifrig: »Achthundert Mark beim Albaner-Paule im Kieler Hafen. Der hat mir sogar ein Jahr Garantie gegeben – sssuper, oder?« Alle anderen haben mittlerweile die Diskretionslinie überschritten. Sie stehen im Halbkreis um den Schalter herum, und jeder darf mal die Wumme in die Hand nehmen. Der Bankräuber hat seine Strumpfmaske abgezogen und rubbelt sich seine blutarme Steckdosennase wieder ins Leben zurück. Man stellt sich einander vor, tauscht Visitenkarten aus und versichert sich des gegenseitigen Respekts.

Ein Pulk von Schulschwänzern, die auf dem Weg von McDoof zur Daddelhalle noch schnell ihr Taschengeldkonto plündern wollen, drängelt sich vor und fragt dem Obergauner Löcher in den Bauch. Ob für Bankräuberei eine Ausbildung erforderlich sei, ob er eine eigene Internetseite hätte, auf wie viel Urlaub er Anspruch habe und ob nach der Crime auch ordentlicher Sex stattfände? Toll, diese Aufgeschlossenheit, diese leuchtenden Augen – das behaupte noch einer, wir auf Sylt hätten eine Nullbock-Jugend!

Betroffenheit macht sich breit, als der Strumpfhosen-Hotzenplotz berichtet, dass er die Beute gar nicht für sich verwenden wolle, sondern für seine betagte Mutter. Er plane, ihr zur Weihnacht eine Reise nach Kandahar oder Tora Bora zu schenken, wo die nächsten Folgen des Musikantenstadls mit Karl Moik aufgezeichnet werde. Bleiernes Schweigen legt sich daraufhin über das Häufchen Elend vor dem unberaubt gebliebenen Bankschalter und die eine oder andere Träne stürzt verzweifelt zu Boden.

Zwei Bankkundinnen, die sich ständig irgendwo ehrenamtlich einbringen für Menschen, die quasi auf der Schattenseite der Straße darben, beginnen spontan eine Sammlung für den Unhold, der mittlerweile seinen Gesetzesbruch wegen Hilf- und Hoffnungslosigkeit aufgegeben hat. Der eine stiftet seine Schlummermünzen, ein anderer drückt ihm einen Zehn-Euro-Schein in die Hand, immer mehr drängen sich heran mit Weihnachtsgebäck, Apfel, Nuss und Mandelkern und – schwupps – auf einmal wackelt sogar eine lustige Nikolausmütze auf seinem Kopf. Die Resozialisierungsofferten werden immer hanebüchener, der Morsumer Hotelier bietet ihm eine Jahresstellung als Weihnachtsmann an, die Witwe Petersen aus Rantum, die nur eine Überweisung hatte abgeben wollen, möchte ihn am liebsten vom Fleck weg adoptieren und der Bankdirektor legt ihm einen unterschriftsreifen Vertrag als Sicherheitsbeauftragter seines Instituts vor.

Der Geldwühler hinter dem Schalter bekommt die Pistole geschenkt. Er will sie im laufenden Volkshochschulkursus »Acrylgießen im Advent« zu einem netten Briefbeschwerer verharzen und seiner Frau anschließend unter den Tannenbaum legen. Na, das macht doch deutlich mehr her als die mit der Laubsäge gebastelte Salatschleuder des Vorjahres.

So geht es tagaus, tagein zu auf unserer beschaulichen Insel. Jetzt werden Sie vielleicht verstehen, weshalb sich Elemente, welche sich vorzugsweise von Alltagskriminalität ernähren, hier so furchtbar schwer tun ...

Die Kunst des Gedankenlesens

Mal ehrlich – wer wünschte sich nicht mitunter, die Gedanken seiner Mitmenschen lesen zu können? Natürlich nicht andauernd und zu jedem Zeitpunkt. Wenn mein Nachbar von schräg gegenüber, der sattsam bekannte Olli Ohmsen, nach einem ausgiebigen Flensburger-Beugelbuddelbeer-Vernichtungsfeldzug vor der Fernsehkiste abhängt, während auf RTL II die 153. Folge von „Big Brother 2004" vor sich hindümpelt, dann herrscht in seinen kleinen, grauen Zellen garantiert die blanke Leblosigkeit. Auch in Fällen, da seine Gattin Meta sich mit ihren Gesinnungsschwestern von der Bachblüten-Therapiegruppe trifft, auf dass sie sich wechselseitig Engelsgeschichten vorlesen, ist es wohl besser, es bleibt wie es ist. Und zuweilen benötigen wir gar keine göttlichen Gaben, um den gewünschten Durchblick zu bekommen. Wenn wir beispielsweise auf dem schmucken Westerländer Bahnhofsplatz herumlungern und ahnungslos eintrudelnde Kurgäste beobachten, wie sie mit ihrem Koffer-Ensemble aus dem Ankunftsgebäude herausgestolpert kommen und unvermittelt der grünen Riesen im Wind ansichtig werden, bedarf es nicht der Gabe des Gedankenlesens. Denen steht das Entsetzen buchstäblich ins Gesicht geschrieben ...

Auch gestern im Supermarkt: Die Schlange vor der Kasse schlängelte sich durch den Nonfood-Sektor, touchierte den Wein, umkurvte den Quark und endete am Blutwurst-Aktionsstand. Und ganz vorn, wo alle nacheinander abgescannert werden, fummelte einer minutenlang seine Schlummerpfennige aus dem Geldsack, müllte das milchringverklebte Laufband mit seinem Kupferschrott voll, shakerte mit der blondierten Kassiererin, grimassierte, gestikulierte und fand sich dabei sssupertoll!!! Ein Blick in die Gesichter der hinter ihm Wartenden hätte ihm sekundenschnell klar gemacht, dass er leichtfertig mit seinem Leben spielte. Denn wäre das geschehen, was die Genervten in der

Schlange dachten und was deutlich und unverschlüsselt in ihrer Mimik stand, dann hätte es endlich mal wieder einen Lynchmord auf Sylt gegeben – da hätte dem Opfer auch der ganze weihnachtsliedrige Lärmteppich nichts genützt!

Ähnlich archaische Gewaltpotenziale offenbaren sich an Fußgängerampeln, sobald irgendeiner an unseren gesellschaftlichen Grundwerten rüttelt und bei „Rot" über die Straße tapert. Da kann die Luft bis an den Horizont frei von Limousinen, Schrottlauben und Motorrädern sein, das spielt keine Rolle: Bei „Rot" hat der Mensch am Kantstein zu verharren, bis die Ampel auf „Grün" umspringt. Basta. So steht es im Gesetz. Den Gesichtern der Wohlanständigen auf der anderen Straßenseite ist der Hass anzusehen. Die Gesichtshaut knautscht sich zusammen, Unterkiefer schieben sich vor und Stimmen, die sich im Falsett überschlagen, keifen die Gedanken heraus, die das dumpfe Stammhirn dem Großhirn um die Ohren haut. Immerhin eine gute Gelegenheit, unseren Sprachschatz brockenweise nach unten hin zu erweitern.

Einmal, es war, wenn ich mich recht entsinne, an einem dritten Advent, das Wetter winterlich: strahlend blauer Himmel, Temperaturen um Null Grad. Plötzlich erblickte ich ein nach oben offenes Cabrio auf der Straße von Braderup nach Kampen. Die Sitzheizungen arbeiteten auf Hochtouren, so dass in der über dem Flitzer entstehenden Thermik ein Segelflieger kreisend an Höhe gewann. Den Insassen hingegen gefror sichtlich der Atem und die Augenbrauen vereisten. Ich sah die Sozia zwar nur für Sekundenbruchteile, aber das reichte. Ja, es gelang mir in diesem kurzen Moment tatsächlich, ihre Gedanken zu lesen: „Freaky, fucking Face, dieser Vollidiot, ich habe mir für ihn das Gesäß liften lassen, renne jedes Wochenende mit ihm über den Golfplatz, um einen elenden, weißen Ball zu dreschen, beim Skilaufen in St. Moritz habe ich mir den Meniskus zerfasert und beim Hochseesegeln die Seele aus dem Leib gekotzt. Als er letztes Jahr den Tick mit der Harley-Davidson bekam, habe ich mir nacheinander eine Reizblase und eine Bindehautentzündung eingehandelt. Und jetzt sitze ich hier in diesem Open-Air-Auto und friere mir die Ohren ab. Verdammt, jetzt reicht's!"

SYLTER
WEIHNACHTSSCHWIMMEN

Beim Weihnachtsschwimmen am Westerländer Strand mit über 4.000 Schaulustigen, ist mir sogar schon mal das umgekehrte Kunststück gelungen. Bei der dort herrschenden Enge schwirren Gedankenfetzen umher und sind dem Absender nur schwer zuzuordnen. Doch dann habe ich doch einen erwischt, der düstere Gedankenwolken aussandte, die mich zuerst erreichten: „Was soll ich hier? Ich hab' kalte Füße und muss mir ansehen, wie sich hundert Geistesgestörte den Arsch in der Nordsee abfrieren, nur weil meine Eltern mich gezwungen haben, mit hierher zu reisen. Gleich muss ich wieder bei Gosch oder Arko rumstehen, quietschsüßen Glühwein trinken und zugucken, wie Fünfjährige im Hundeklo Sandburgen bauen. In der Disko ist tote Hose, Snowboarden geht hier nicht und meine Freunde sind in Seefeld oder Kitzbühel. Sylt im Winter – das ist Totentanz live. Ich hasse meine Eltern!!!" Wer war das? Da, circa zehn Meter von mir entfernt, mitten im Gedränge stand der Bengel, ein spätpubertierender Skatertyp. Und missmutig zog er seine Mundwinkel und seinen Hosenzwickel so weit wie möglich bodenwärts.

Bisweilen freilich funktioniert die Kunst des Gedankenlesens beim besten Willen nicht – und das ist auch gut so. Ein Beispiel: Sylvesternacht, kurz vor Morgengrauen. Eine Polizeistreife stoppt einen Pkw-Führer, dessen Fahrweise später im Protokoll als „auffällig" beschrieben werden wird. Die Gedankenblase des diensthabenden Wachtmeisters ist leicht lesbar: „Wenn ich das schon sehe, diese roten Augen, diese unkoordinierten Gesichtszüge – der Typ hat doch mindestens zweieinhalb Promille im Kreislauf. Hoffentlich schafft er es wenigstens, das Fenster runter zu kurbeln." In diesem Moment öffnet sich ein erster Spalt des Seitenfensters auf der Fahrerseite und herausquillt ein Buchstaben- und Zeichensalat, rätselhaft wie ein Word-Text auf einem Apple-Computer, etwa so: „<22 $##'*+ss0=ü??ß.. %5>§§0..?..."

Was lernen wir daraus? Wir lernen, dass spätestens ab drei Promille der gedankliche Datenschutz wieder voll funktioniert ...

Liebe und Sex im Spiegel der Evolution

Ist der Sylter Mann tatsächlich, wie vielfach behauptet wird, das Glanzstück der Schöpfung oder nur ein Irrtum, eine Fehlleistung, ein Versehen der Entstehungsgeschichte? Kann der Insulaner tatsächlich eine Spermienproduktion und Kopulationsenergie vorweisen, die ihn deutlich aus der Masse der Kontinentaldeutschen herausheben, oder ist Sylt doch nur ein Internierungslager für verhaltensgestörte, friesischblonde Knallchargen? Und die zentrale Frage: Sind speziell wir Sylter Männer Elitesoldaten oder Lachnummern der sexuellen Evolution, sind wir Bremsbacken oder Speerspitze? Ein Rückblick in die Entstehungsgeschichte bringt wie so oft auch hier Aufschluss über die gültige Faktenlage ....

Wenn wir uns irgendwo auf dem Globus als Sylter outen und auf der Stirn unseres Gegenübers bilden sich darauf hin kleine, glänzende Schweißperlen, wird er blass und kurzatmig, dann ist das der blanke Neid auf unser Leben im Paradies und nicht etwa die Angst, dass wir bar aller Kulturtechniken und Umgangsformen ohne zu zögern beidfüßig ins nächstbeste Fettnapf springen! Das beweist ein Ausflug in die Geschichte, der uns die Menschwerdung des Sylter Mannes näher bringen und erklären soll.

Denn vor 200 Jahren sah alles noch ganz anders aus als heute. Da heuerte der junge Insulaner traditionell am Tag nach der Konfirmation forsch auf einem x-beliebigen Seelenverkäufer an, stieg zügig auf vom Decksjungen zum Kapitän und wenige Jahren später hatte er die nördliche Hemisphäre voll im Griff, hatte in jeder Hafenkaschemme einen Schuldendeckel und kannte jedes Freudenhaus zwischen Casablanca, Rotterdam und Reykjavik. Mal dinierte er mit Königen und Großgrundbesitzern, mal transportierte und verschacherte er Sklaven für die Baumwollfelder Alabamas, mal diskutierte er nächtelang auf arabisch mit den Weisen des

Morgenlands. Dem Herrgott zum Gefallen bekehrte er bis dahin fröhliche Asiaten zum lustfeindlichen Protestantismus norddeutscher Prägung. Die weichbedachten Kapitänshäuser auf der Heimatinsel barsten förmlich von Mitbringseln aus dem Morgenland, der Sylter galt als weltoffen, tolerant und gerecht gegenüber jedermann. Irgendwann heiratete er ein kompaktes Friesenweib, das ihm einen Schwung Kinder gebar, welche ihrerseits als Philosophen, Erfinder oder Revolutionäre Schläfrig-Holstein durchrüttelten. Das Leben an und auf der offenen See brachte den freien Geist zum Erblühen, zusammengefasst in der Parole: »Rüm Hart, klar Kimming«.

Fazit: Wilde Zeiten, stolze Männer, tolle Sache – gut so!

Einige Generationen später merkte der Sylter, dass der inzwischen im Zuge wachsender Mobilität entstandene Kur- beziehungsweise Badegast eine weitaus kommodere Erwerbsquelle darstellte. Walfang und Eroberung der Weltmeere wurden daher fürs Erste eingestellt. Die Folge: In den sechziger Jahren wurde der Sylter Mann zusehends saturiert, bequem und couchkartoffelig. Davor bereits, es muss so Mitte der 50er-Jahre gewesen sein, war das Triebleben aus- und der neue Grundig-Farbfernseher angeknipst worden. Die Beweglichkeit ließ beängstigend nach. Bei manchem Sylter dauerte es bis zum Bezug des Altersruhegeldes, ehe ihm einfiel, mal in die Eisenbahn zu steigen, den Hinderburgdamm zu überqueren, um auf dem fremden Festland festzustellen, dass auch südlich von Klanxbüll noch menschliches Leben anzutreffen ist. Im Prinzip war dem Sylter das aber zuwider, weil viel zu anstrengend. Nein, was er von der Welt wissen wollte, erfuhr er von den Touristen. Er lief von März bis Oktober barfuss herum, gurgelte morgens schon mit Aquavit und seine nordische Zurückhaltung büßte er nur ein, wenn er mit seinem Boot in einen Makrelenschwarm geriet. Dann geriet er in eine Art Drogenrausch und zog die Fische wie aufgezogen mit der Angel an Bord, bis er knietief in ihnen stand. Eine Krawatte trug der Sylter ausschließlich, wenn sein Opa oder ein Kegelbruder feierlich bestattet wurde. An kulturellen Veranstaltungen wie Gesangsabenden und Theateraufführengen nahm er prinzipiell nur nach ausgiebigem Alkoholgenuss teil.

Fazit: Tote Hose, kein Mumm, der alte Schwung dahin – schlecht so!

Ganz anders wiederum die junge Generation der späten sechziger Jahre – aufbegehrend, begierig, mit einem Testosteronspiegel wie bulgarische Kugelstoßerinnen. Die damals von Oswald Kolle selbstverständlich auf Sylt ausgeheckte sexuelle Revolution erregte hier am Entstehungsort niemanden – man war schon etliche Schritte weiter. Da bedurfte es keiner schwülstigen Aufklärungsbücher und alberner Erotikfilmchen, die in den Metropolen der Republik manch pickeligem Pubertätspinsel Erlösung brachte. Da wurde nicht stundenlang rumgefummelt, an Ohrläppchen geknabbert und Rilke zitiert, bis nach Stunden die lahmende Hand Richtung Ziel robben durfte. Der Geschlechtsakt des Festlandsdeutschen geschah damals überwiegend lautlos. Als Grund dafür wurden die dünnen Wände der nach dem Krieg eilig hochgezogenen Mietskasernen vorgeschoben. Kurz vorm Orgasmus traten die Auge hervor, wie wenn wer einen Luftballon aufbläst, es folgte ein asthmatisches Luftschnappen – und fertig! Abrollen nach links, stabile Seitenlage und schnell einschlafen, denn am nächsten Morgen begann die nächste Frühschicht.

Den jungen Syltern hingegen war die Welt der Dünen sommervollmondnächtliche Spielwiese, auf der er den hormonellen Aufforderungen des Körpers kreativ nachkam. Hier wurde in lauen Sommernächten herumgealbert, gelacht und gejuchzt. Hier war Sex seit jeher naturnah, erdig, ehrlich. Hier brennt noch heute die Luft und raucht das Gras! Wildeste, verruchteste, ja stellenweise abartige Partys waren in den Siebzigern gang und gäbe. Schafswolldessous flogen durch die Nacht, Reissverschlüsse quiekten wie Meerschweinchen und die Herzen rasten wie Lämmerschwänze. Mitunter kehrte beängstigende Stille ein, ein Flens ploppte, zwei Entflammte stießen mit Champagnergläsern auf den bevorstehenden Vereinigungsakt an und drei Tümmler tummelten sich im Meeresleuchten. Kehlige Lustgeräusche knatterten durch die Dünen, Kaninchen sprangen auf und tobten von hinnen, plattdeutsche Anfeuerungsschreie konkurrierten mit glucksendem Gelächter und einem kurzgeschnauften, wutanfallähnlichen Finale: »Ja --- jajajaja --- Jaaaa!!!« Anschließend abhecheln, angucken, umdrehen und Sterne zählen. Heide und Dünenhafer bebten noch ein wenig nach und die Venus rieb sich verdutzt die Augen.

Fazit: So wird's gemacht, optimale Performance, nicht zu toppen! Punktum.

Das amerikanische Syndrom

»Ich lauf' schnell mal zum Kiosk und hol' noch Bier und Erdnüsse,« rief ich ins Wohnzimmer, schnappte mir meine Jacke und flitzte aus dem Haus. Wir hatten für den Abend Meta und Olli zu einem unserer beliebten Dia-Abende eingeladen. Ja, es ist doch immer wieder schön, von einer langen, ereignisreichen Reise heimzukommen und gute, vor allem geduldige Freunde vorzufinden, die auf einen gewartet haben und ehrliches Interesse zeigen für all die schönen Dinge, die unsereiner so erlebt ...

Kalle vom Kiosk strahlte mich an: »Na, Alter, zurück aus der weiten Welt, alles paletti und so?« Ich schnippte mit den Fingern: »Komm, sabbel nicht rum, pack mir mal zwei Sechserpack Bier ein und 'n' Sack Peanuts. Ach ja, und eine Flasche Verpoorten für Meta.« Kalle zuckte zusammen: »Du hast Olli eingeladen? Heute Abend? Na dann viel Spaß – der Kerl ist gerade mal wieder besonders gut drauf!« Ich reagierte irritiert: »Wie jetzt, viel Spaß mit Olli? Ist was passiert, während wir weg waren, etwas, das ich wissen müsste?«

Kalli reagierte sichtlich verlegen und rückte erst nach einer kurzen Pause mit der Sprache heraus: »Na ja, er hat da so einen Schmöker gelesen von einem berühmten amerikanischen Psychoguru und seitdem ist er wie ausgewechselt – du wirst ihn kaum wiedererkennen.« Nervös hakte ich nach: »Was heißt ‚wie ausgewechselt'? Wie ist Olli jetzt anders?« Nun blitzte in Kallis Gesicht wieder die für ihn typische Verschlagenheit, seine ganze Niedertracht und unbändige Lust auf menschliche Katastrophen. Er grinste mich an und zischelte: »Na, mein Lieber, das finde mal selber raus. Auf jeden Fall wünsche ich euch einen .... na, sagen wir mal .... harmonischen Abend.«

Acht Uhr abends. Der Diaprojektor war aufgebaut, das Bier kalt- und die Erdnüsse warmgestellt. Meta und Olli erschienen pünktlich. Sie im adretten Blümchenkleid, er im Trainingsanzug.

Während die Frauen sich mit Rechts-links-Bussis das Make-up verlutschten, haute Olli mir derart jovial auf die Schulter, dass ich mit dem Oberkörper vornüber knickte und mir die Brille von der Nase stürzte: »Mensch, Kerl, du siehst ja wirklich beschissen aus«, grölte der Grobian fröhlich. »Ich denk, du warst im Urlaub. Du siehst ja aus wie Walter Riester auf Ecstacy.«

Also, mal so unter uns: Ich bin von meinem Freund Olli ja einiges an Drastik und Grenzüberschreitung gewohnt. Aber dieser Abend sollte alles bisher Dagewesene in den Schatten stellen. Kaum hatte er sich aufs Sofa gelümmelt, hob er das bereitgestellte Bierglas gegen die Lampe und erklärte: »Du glaubst doch wohl nicht, dass ich aus diesem Glas hier trinke. Da sind ja noch Spülreste dran – das ist absolut ekelhaft!« Meta saß neben ihm und verdrehte die Augen: »Meine Lieben, hört einfach nicht hin. Olli spinnt mal wieder. Er hat ein Buch gelesen, von so einem amerikanischen Knallkopp. Der hat die These aufgestellt, dass es für alle besser ist, wenn jeder ständig die Wahrheit sagt, immer und überall – vor allem im zwischenmenschlichen Bereich. Charmante Flunkereien, Komplimente und nicht ganz wahrheitsgetreue Höflichkeitsformeln ächtet Olli seitdem.«

Olli tat so, als nehme er die Worte seiner Gattin gar nicht wahr, studierte derweil das Etikett seiner Bierflasche und knarzte gnadenlos: »Sagt mal, seid ihr pleite oder warum bietet ihr mir so ein Schweinebier an? Da hab' ich morgen doch wieder den ganzen Tag Dünnpfiff. Saubere Gastgeber seid ihr!«

Nun referierte Meta ihrerseits weiter, als habe sie nichts gehört. Endlich konnte sie ihre Wut mal außerhalb der eigenen vier Wände ablassen: »Mit allen hat er's sich inzwischen verdorben. Keine Freunde haben wir mehr. Als mein Bruder vor zehn Tagen heiratete, hat Olli ihn gefragt, ob er sich ‚diese Tussi da' wegen der ‚dicken Titten' oder wegen ihres Geldes auserwählt hätte. Bei der anschließenden Prügelei ist das komplette warme Buffett auf der Tanzfläche gelandet: Gulasch mit Pilzen, Kugelfisch süßsauer und vegetarisches Rahmgemüse mischten sich zu einer schwer genießbaren Pampe.« Olli grinste: »Das war nicht schade drum, alles nur Dosenfraß! Mittlerer Jugendherbergsstandard – und das auf 'ner Hochzeit!«

Ich schüttete Meta noch einen Eierlikör ins Glas und versuchte endlich den Bogen zum eigentlichen Anlass der Zusammenkunft zu bekommen: »So, aber nun gucken wir uns mal in aller Ruhe unsere Urlaubsbilder an« – und, klack, erschien schon die erste Aufnahme auf der Leinwand. »Schaut euch das mal an, das war unser Flieger. Ist es nicht eine Traummaschine?« Olli beugte sich vor und knurrte: »Was steht da? Malaysia Wings? So'ne Never-come-back-Airline habt ihr gebucht? Musstet ihr dafür etwa Geld bezahlen? Das sind ja ganz üble Thrombosebomber. Also, mal ein gut gemeinter Ratschlag unter Freunden: Wenn ihr euch keinen anständigen Urlaub erlauben könnt, dann bleibt doch einfach zu Hause. Ist doch auch nicht schlecht auf Balkonien.«

Ich hörte einfach nicht hin und fummelte das nächste Bild in den Projektor: »Hier, das war auf unserer ersten Abenteuer-Exkursion. Da sind wir sogar auf 'nem Elefanten geritten. Schau mal da rechts – das bin ich!«

Olli war mittlerweile aufgestanden, hatte sich an meine Bar begeben und plätscherte sich einen doppelten Whisky ins Glas: »Wo du grad Elefant sagst: Ist dir eigentlich schon aufgefallen, dass dein Schwager Berthold aus dem Mund riecht wie ein Elefant unterm Rüssel. Ob der ständig Pinkelsteine lutscht? Ich glaub', morgen spreche ich ihn mal drauf an. Wenn ich es nicht mache, wer tut es sonst?«

Also, da hatte Olli ja nun recht. Berthold hat vor über einem Jahr seine Ernährung grundlegend umgestellt und macht seitdem auf Körnerfresser. Jetzt hat er Ausdünstungen, als ob er jeden Morgen ein Bad im Güllebecken nimmt und anschließend Silage frisst. Es wäre für uns alle ein Segen, wenn ihm mal irgendjemand auf diese Umweltverpestung anspricht. Meinetwegen auch Olli.

Jedenfalls gab mir der Abend insgesamt zu denken. Vielleicht hatte dieser amerikanische Psychofuzzi doch recht. Jedenfalls beschloss ich daraufhin, mir dieses ominöse Buch zu besorgen. Als ich am nächsten Morgen im Buchhandel danach fragte, schaute der Verkäufer mich mitleidig an und meinte: »Das ist doch nichts für sie. Damit sind sie doch intellektuell überfordert! Dort hinten in der Ecke liegen unsere Comics – da suchen sie sich mal was Nettes,

Buntes aus. Da verstehen sie wenigstens, worum es geht.« Empört blaffte ich den Buchdealer an: »Na, sie scheinen ja wohl auch schon ein Fan von diesem Ami-Freak zu sein!«

»Natürlich,« lachte er, »seit ich das Buch gelesen habe, bin ich ein anderer Mensch. Jetzt sülze ich meine Kundschaft nicht mehr mit der kruden Liebenswürdigkeiten voll und verkaufe denen all den Dreck, den sie so verlangen, nein, ab jetzt verkaufe ich nur noch erstklassige Literatur an gebildete Kundschaft. Bei der Gelegenheit, Herr Degen, ihre Bücher stehen da hinten in dem Karton an der Tür. Remittenden! Den ganzen Krempel können sie gleich mitnehmen – diese Exemplare ziehen mir nur das Niveau des Sortiments runter.«

Ich habe mir das Buch von dem Ami dann auf anderem Wege besorgt – übers Internet. Und es sofort verschlungen.

Jetzt fühle ich mich innerlich so stark wie all die anderen Leser dieses Stoffes, namentlich wie Olli. Morgen stelle ich diesen rotzfrechen Buchhändler zur Rede und sage ihm gepflegt meine Meinung über sein Sortiment: Alles Schund. Und dann gehe ich ins Rathaus: »Was macht ihr hier eigentlich den lieben langen Tag?« – und dann ins Bauamt und zur Kurverwaltung: »Heute schon eine neue Abgabe erfunden?« ... und zum Bahnhof: »In welchem Jahr ist eigentlich der letzte Zug pünktlich eingelaufen?« ... und dann noch zur Post und zur Gärtnerei – – – Mensch, das wird ein langer Tag!

Aber am Abend, nach getaner Beleidigungsarbeit, werde ich mich befreiter fühlen. Und alle, denen ich die Meinung geige, werden sich bei mir für meine neue Offenheit bedanken. Sonst hilft ihnen schließlich keiner, eigene Fehler zu erkennen und somit bekämpfen zu können. Es lebe die neue amerikanische Schonungslosigkeit!

Zu Fragen des Stolzes

Der Sylter ist an und für sich ein außerordentlich politischer Mensch. Er ist vom Geiste undogmatisch und liebt das freie Spiel der Meinungen. Allerdings spiegelt sein politischer Horizont, wer wollte ihm das übel nehmen, die engen Grenzen seiner Insel. Seine Welt sind Bebauungspläne, Volksabstimmungen über die Bepflasterung von Fußgängerzonen, der Kampf gegen neue Naturschutzgebiete und Bauvorhaben sowie für Sylt als Großgemeinde – damit Westerland dann endlich »Kampen-Süd« heißen kann. Nur manchmal schwappt durch das Fernsehen die große Politik auf sein kleines Eiland. Und dann hockt der Sylter gebannt vor der Mattscheibe und bestaunt, wie die Vorturner in Berlin politische und moralische Wertmaßstäbe festsetzen ....

... zum Beispiel Laurenz Meyer von der CDU, dem es einmal gefiel, uns allen zu mitzuteilen, dass er stolz sei, Deutscher zu sein. Na gut. Dann kam der Jürgen Trittin, der mit seinem Atommüll und dem Dosenpfand schon genug Stress an den Hacken hatte und sagte über den Meyer so schlimme Dinge wie: »Der sieht schon aus wie ein Skinhead!« Damit riskierte er, wir erinnern uns, seinen Job. Aber dann hat er sich entschuldigt, der Jürgen Trittin, beim Laurenz Meyer. Wobei – so'ne richtige Entschuldigung war das eigentlich nicht. Mit zusammengebissenen Zähnen und Falten auf der Stirn. So was gilt doch gar nicht. Da würde ich mich doch lieber von Laurenz Meyer beleidigen lassen, als vom Jürgen Trittin so'ne Entschuldigung um die Ohren gehauen zu bekommen.

Einige behaupten ja auch, der Trittin hätte sich für seinen Meyer/Skinhead-Vergleich im Prinzip bei den Faschoglatzen entschuldigen müssen. Aber das finde ich nicht, obwohl – witzig wäre das schon gewesen, wenn die schmucke Ministerlimousine, mit Chauffeur und Polizeieskorte durch trübe ostbrandenburgische Plattensiedlungen gerumpelt wäre, der Trittin dann bei der Trinkhalle am Karl-Marx-Platz ausgestiegen, den dort herumlungernden Skins jovial auf die Schultern geklopft und geschnackt hätte: »Tschulligung, Jungs, ich wollt' euch nicht beleidigen. Ihr habt bestimmt 'n' ganz anderen Charakter als dieser Meyer.« Dann hätte er ihnen sicher noch ein Sixpack Ökobier dagelassen, wäre wieder in seinen Dienstwagen gestiegen und nach Berlin zurück gefahren, um sich um seine Castoren zu kümmern.

Hätte er das wirklich gemacht, dann hätte er, vermute ich mal, seinen Job aber endgültig verdaddelt gehabt, dann hätte der Kanzler ihn mit gelb-rot vom Platz gestellt! Ob der Jürgen dann zu seinen Freunden – mal unterstellt, er hat noch welche außer vielleicht die Glatzen vom Karl-Marx-Platz – gesagt hätte: »Ich bin stolz, rausgeflogen zu sein!« Hätte ja irgendwie ganz gut gepasst.

Das Problem wäre allerdings seine Job- und Sozialperspektive: Ganz mies! Der Mann ist ja kaum vermittelbar. Bei den Fundis hat er sich selbst rausgemobbt, bei den Realos ist er nie angekommen und als Lobbyist für die Industrie – was könnt' er da machen? Vielleicht Bezirksvertreter für Windmühlenwälder in Nordfriesland, verantwortlich für den Off-shore-Windpark vor Sylt – oh shit! Mensch, Jürgen, nun reiß dich mal zusammen und mach, dass dich alle lieb haben!

Ich habe diese merkwürdige Berliner Fehde zum Anlass genommen, mal ein wenig herumzufragen, worauf die Menschen heutzutage so stolz sind. Ist ja wichtig, dass man sich beizeiten den Trends anschließt. Denn wer auf das Verkehrte stolz ist, auf das, was gerade *political incorrect* ist, der kann ganz schnell weg sein vom Fenster. Berthold, mein Schwager zum Beispiel ist schon ewig stolz, Beamter zu sein. Ich lasse ihm seinen Glauben, denn er ist als Kind mal vom Fahrrad gestürzt und arg mit dem Kopf aufgeschlagen. Olli ist stolz drauf, an einem Tag 221 Makrelen geangelt zu haben. Ich soll's nicht verraten, aber ich tu's trotzdem: Es war Mitte August vergangenen Jahres – zwei Seemeilen westlich vom Brandenburger Platz. Meta, seine Frau ist stolz auf ihre Sauce Hollandaise, und das durchaus zu Recht, denn die ist ausgesprochen lecker. Louise schließlich, Bertholds Schwester, ein fürwahr rattenscharfes Luder, ist stolz darauf, dass sie neulich ihren schwulen Tangotanzlehrer verführt hat. Sie will ihm – und als sie das sagte, da lief's mir heiß und kalt den Rücken runter – den »heterosexuellen Urknall« besorgt haben.

Doch was könnte ich anbieten, würde der Laurenz Meyer mich mal fragen? Ja, einmal hat's mich auch erwischt. Es geschah vor acht Jahren. Wir sind mit dem Zelt und einem alten japanischen Kombi durch die Outbacks von Australien gereist, haben nur von rotem Staub, Fliegen und Kängurufleisch gelebt. Eines Abends, zwischen Perth und Darwin, am Lagerfeuer, drehte ich an meinem Radio und plötzlich erklang eine Musik perlender Harmonien, vertraute Melodien. Ich spürte die Fliegen nicht mehr, dafür kribbelte es im Bauch und die Sterne blinzelten mir freundlich zu. Als der letzte Ton verklungen war, folgte die Abmoderation im breitesten Aussie-Slang: »Sie hörten das fünfte Klavierkonzert von Ludwig van Beethoven mit Justus Frantz und dem Schleswig-Holstein-Musikfestival-Orchester.«

Ich saß da, mit einem Kloß im Hals, zwei Heimwehtränen kullerten hernieder und ich dachte an Sylt, an den Wind, an Vogelschwärme über dem Watt und an Ollis geräucherte Makrelen.

Diese Emotion hatte zwar mit der plumpen Aussage von Laurenz Meyer herzlich wenig zu tun, aber wir haben uns dann noch den Rest unserer Biervorräte reingezogen und an Deutschland gedacht in dieser Nacht – und waren angenehm um den Schlaf gebracht.

Im Goldt-Rausch

Es begab sich vor einigen Tagen, dass ich in der Buchhandlung herumstöberte und meine Fachberaterin mit einem wohlgebundenen Werk strahlend an mich herantrat und leise sprach: »Hab' ich extra für Sie bestellt, weil ich weiß, dass sie ihn für ihr Leben gern lesen. Es ist gerade erst erschienen. Soll ich's ihnen einpacken?« Es war das neueste Opus von Max Goldt. In seinen Werken zu stöbern sind für mich Abenteuerreisen in fremde, farbenprächtige, pittoreske Wortlandschaften, und stets sage ich mir nachher erschöpft: »Diese Stunden waren nicht vertan und nicht vertändelt, nein, diese Stunden waren – dafür dir Dank, großer Onkel Max – gut geraten.« Max Goldt kolumniert – ein Schalk, ein Schelm, ein kluger Mann, ein Moralist. Ja, er ist mein Meister, ihm hänge ich an den Lippen. Wäre ich ein Zirkuszelt, er sollte die Pflöcke einschlagen, auf dass die Stürme des Lebens mich nicht umpusten, sondern mich trotzen lassen der Gefahr ....

Spätestens jetzt, wenn nicht schon erheblich früher, wird der mir geneigte Leser die Stirn unwirsch in Falten werfen ob der Verve meiner heute so gedrechselten Worte. Gedankenschnell, aber ungerechtfertigter Weise wird der eine oder die andere mir unsachgemäßen Drogengebrauch vorwerfen oder vermuten, ich würde wohl auf einer unentdeckten Wasserader herumsitzen. Vielleicht werden ganz Mutige – lieber wären mir sehr Wortgewandte – zum Telefonhörer greifen, um mir ihren Protest gegen das folgende Elaborat um die Ohren zu geigen! Ja doch, ich gebe es zu: Ein wenig Rauschgift ist im Spiel bei diesem kleinen Amoklauf auf meiner Tastatur – aber nicht von der plumpen Gattung, bei der man sich ungut Ding durch die Nase zieht oder geistige Getränke über die vom Herrgott gesetzte Kopfschmerzgrenze hinweg infiltriert.

Nein, ich habe mir einfach den besagten, nagelneuen Prachtband in einem Rutsch reingeschnieft, ihn weggesoffen – es war wie Hochzeit und Begräbnis an einem Tag und nun ist in meinem

Leben nichts mehr wie es noch vorher war. Denn mein Max erklärt uns nicht nur den schnöden Alltag auf ungekannte Art, nein, er bürstet den jeweils herrschenden Zeitgeist derart gegen den Strich, dass der hinterher ganz schön dumm dreinschaut. Soll ich Euch ein Beispiel liefern – halt mit meinen Worten, in meinem Duktus? Nehmen wir doch einmal, ganz einfach, das Telefon da drüben, das blöde, das mit uns macht, was es will.

Max-Goldt-Adaptionsvariante A: Arg zerzaust und unordentlich sind Gedanken, die durch Köpfe sausen, wenns dem Telefon zu Rappeln gefällt. Der Parvenü, nur geerbtes oder ergaunertes Geld durchbringend, gluckst bösewichtig: »Hat's endlich die 98-jährige Tante weggezappt? Ist's das Nachlassgericht, mich nach meiner Kontonummer fragen wollend, um den Zaster der vom Herzkaschperl hingerafften Muhme zu transferieren?« Und dann sucht er guten Mutes zwischen klebrigen Champagnergläsern und angefledderten Pokerkarten das Endgerät.

Max-Goldt-Adaptionsvariante B: Wenn der Kurtisane im Salon, zwischen Chaiselongue und Kamin, die Telefonglocke schellt, so denkt sie und rümpft dabei die kleine, krause Nase: »Ach herrje, der Graf wird's sein. Will wohl wieder des Abends auf mir herumhoppeln, der lüsterne Bock. Wann werden ihm die Jahre endlich seine Lendenkraft rauben, damit die für mich so ergiebige Liaison eine mehr geistig-intellektuelle Befruchtung erfährt?« Und dann stöckelt sie, die Reste eines Nougattrüffels hinunterwürgend, zum in einen samtenen Schonbezug gekuschelten Telefon, um – dem gräflichen Begehren stets zu Diensten – ihre Kopulationsbereitschaft hineinzusäuseln. Siehste, da haben wir's: Es ist das Telefon. Es telefoniert mit uns und wir sind die lange Leitung. Das glaubste nicht?

Ich zeig es euch mit der **Max-Goldt-Adaptionsvariante C:** Da sitzt einer in seiner Wohnhöhle, meditiert so vor sich hin oder radiert ein wenig an der Steuererklärung, schwupp, da klingelt das Telefon. Erschrocken lässt er alles fallen, reißt den Knochen von der Gabel und bölkt seinen Namen in die Muschel – manch einer sogar im vorauseilenden Gehorsam mit Adresse, Blutgruppe und Kontostand, er macht auf, liefert sich aus mit Haut und Haaren! Damit, Leute, ist bei mir jetzt Schluss!!! Wer sich mit seinem Kabel in meine

Burg hereinschlängelt, der wird ab sofort – wenn überhaupt – mit einem »Hallo« oder »Ja, bitte« begrüßt und dann möge er sich erst einmal vorstellen. Anschließend entscheide ich, ob ich aus meiner Anonymität heraustrete und das Gespräch aufnehme. Basta! Und wer dieses, mein neues Gebaren als unhöflich betrachtet, der möge von weiteren Anrufen absehen! Okay, ein simpel Ding ist das. Aber im öffentlichen Raum hat sich ein wechselseitiger Umgang eingeschlichen, der der Überprüfung und Hinterfragung bedarf.

Natürlich wird die Kurtisane am Display ihres Rokoko-Telefons erkennen, dass es Graf Bock ist, der auf der anderen Seite herumhechelt, und sie kann ihn gleich ohne umschweifendes Procedere mit ihrem fiebrigen Timbre vollschlunzen, bis dass der Hormonstau ihm die adeligen Hirschhornknöpfe vom Jankerl reißt.

Der Parvenü jedoch sollte sich in einer Phase der fiebrigen Hinterlassenschaftserwartung lieber mit vollem Namen melden, denn mit einem »Hallo« oder »Ja, bitte« werden Nachlassverwalter nicht zufrieden sein und die Millionenerbschaft von Tante Adelheid Gotthabsieselig womöglich wegen Nichtzustellbarkeit dem Tierschutzverein oder gar den Fischerchören zuschanzen. Und das – da sind sich alle Pokerkartenhersteller und Champagnergrossisten einig – das wäre ein absolutes Unding!!

Die Rückkehr der Armut

»Hast du schon gehört, die Kokoschinskys?« fragte mein Weib kryptisch. »Was soll ich gehört haben?« gab ich kraftlos zurück und dachte bei mir: »Die Kokoschinskys interessieren mich eigentlich einen Scheißdreck, um es mal milde auszudrücken.« »Stell dir vor, die haben drei Wochen Mallorca gebucht – mitten in der Hochsaison!« »Ach.« Ein Schleier matter Resignation legte sich auf meines Weibes Stimme. »Es kommt noch dicker: Die Hannemanns aus Oberursel sind ab nach Florida. Und hier,« sie wühlte jetzt staubaufwirbelnd in unserem Korrespondenz-Schuhkarton, »der Müller-Vorbeck, dieser neureiche Geldsack aus Bad Homburg, ist zum Skilaufen in Neuseeland – mitten im Juli – das ist doch hochgradig pervers!!« »Wieso,« greinte ich matt, »lass sie doch.« »Na, du bist gut, lass sie doch«, äffte mein Weib mich nach. »Früher haben die ihre Kohle hier auf Sylt verprasst. Unserer Insel droht Verödung und Verelendung! Und du hängst hier rum und tust so, als wäre alles in Butter!«

Wir lagen auf der Terrasse in der sengenden Sonne, es war irgendwann in der vergangenen Woche, und analysierten beiläufig die Krise des Sylter Vermietgewerbes. Überall im Viertel verkündeten lieblos gestaltete Schilder eine erschreckende Botschaft: »Appartement frei« – Schilder von der Sonne verblichen und mit Moos bewachsen. Alteingesessene Vermieter der dritten Generation standen schon seit Wochen wie die Geier am Bahnhof, koberten Gäste und verhökerten ihre Unterschlupfe zu Jugendherbergspreisen – bar Kralle und ohne Zettel.

Anderswo bäumt sich der wirtschaftliche Aufschwung längst lustvoll auf – Meckpoms Ostseeküste glänzt mit zweistelligen Zuwachsraten, auf Mallorca prügeln sich die Superreichen um die letzten Südhanglagen und auch auf den Golfplätzen Marbellas werden die Grassoden von ehemalige Kampen-Fans in den spanischen Himmel gekloppt. Nur Sylt, in Deutschland ganz oben, ist wirtschaftlich ganz unten angekommen. Verständliches Gejammere allüberall: Das Wetter hat Schuld, der Schulferienkalender, das Juniloch, die Kurtaxe, zu viele Mitbewerber, zu wenige Gäste undsoweiter undsofort.

Die apokalyptischen Thesen meines Weibes konnten mich indes nicht erschüttern: »Tja, mein Schatz, dann ist es also soweit! Es bleibt uns keine Wahl: Wir müssen sparen auf Deibelkommraus! Die fetten Jahre sind vorbei, wir müssen den Gürtel enger schnallen.« Ich glaubte, nun heftiges Kontra zu bekommen, doch nichts dergleichen geschah: »Ach, mein Held, das macht doch nichts. Erinnere dich doch unserer ersten gemeinsamen Jahre. In bitterer Armut knechteten wir für kargen Lohn, hatten nur uns und erfreuten uns an den kleinen Dingen, die für uns abfielen.«

»Genau. Wir waren so bettelarm, dass wir nicht einmal mehr Geld für Streichhölzer hatten. Erinnerst du dich noch, dass wir unseren Joint an der glühenden Herdplatte anzünden mussten? Einmal habe ich mir dabei sogar die Augenbrauen verkokelt. Mein Gott, waren das lustige Zeiten. Wo hatten wir eigentlich das Geld für den Tabak her?«

»Das haben wir aus dem Flusensieb der Gemeinschafts-Waschmaschine gepult, ich weiß es noch als sei es gestern gewesen«, lachte meine Holde.

»Ja, weil wir am Zwanzigsten unser Geld verbraten hatten, aber immer noch so viel Monat übrig war. Dann retteten uns die elterlichen Care-Pakete mit Dosenravioli, Corned-Beef und Buchstabensuppe von Maggi!«

Die Erinnerungen begannen uns zu überwältigten. Unsere Augen leuchteten ob des Glücks der frühen Jahre und Heiterkeit bemächtigte sich unserer Seelen, als wir an die Jahre dachten, in denen wir quasi nur von Lust und Liebe lebten. Stromabschaltungen wegen unbezahlter Rechnungen trieb uns schon nach Sonnenuntergang in die Betten und unsere Räusche holten wir uns mit italienischem Obstschaumwein, den ich mit bebender Flinte auf dem Jahrmarkt am Schützenhaus geschossen hatten.

»Urlaub, Bildungsreisen oder abends mal Essen gehen – so was kannten wir gar nicht, das konnten wir uns nicht erlauben. Ich

habe dir oft am Küchentisch die schönsten Bahnverbindungen aus dem Kursbuch vorgelesen, und unsere weiteste Reise war am Bußtag 1973 der Ausflug nach Tondern, um dort günstig Adventskerzen einzukaufen. Mensch, war das alles aufregend!!«

»... und dann kam die Zeit der tausend Nebenjobs: Obstwaggons haben wir am Güterbahnhof entladen. Entlohnt wurden wir mit Naturalien: Erdbeeren, Kirschen und Sellerie stapelten sich im Wohnzimmer bis zur Decke. Einmal hast du in Keitum Möbel restauriert und mit Dienstmann Hans Petersen Umzüge organisiert.«

»Und kurz darauf,« schaltete ich mich nun wieder ein, »hatten wir die Fisch-Phase – als wir vom Beifang der Krabbenfischer lebten. Dem alten Karl Andresen bin ich heute noch dankbar, dass er uns für ein paar Groschen mit Schollen und Seezungen versorgt hat. Da haben wir wirklich vornehm und gesund gelebt.«

»Toll war es doch auch, als du bei Uwe in Wenningstedt Fische gebraten hast, Mitte der Siebziger muss das gewesen sein ...«

»... und Party-Service haben wir gemacht. Erinnerst du dich noch an Uwes Spanferkel – frisch vom Grill. Ganz Wenningstedt war in Aufregung, wenn sich der Spieß drehte. Ach ja, einfach herrliche Zeiten.«

Doch plötzlich beendete meine Finanzministerin all die nostalgische Schwärmerei und holte mich barsch in die Gegenwart zurück: »Schluss jetzt mit diesen kindischen Sentimentalitäten! Die Gäste bleiben weg, alle Konten sind notleidend, wir müssen unseren Etat durchschlanken. Wo siehst du noch Einsparpotential? Ich höre!«

»Ich denke,« begann ich zu stottern, »wenn wir deinen vierwöchigen Ayurveda-Kuraufenthalt im ‚Orientel' in Sri Lanka canceln und die Designer-Gartenmöbel bei ‚Manufactum' abbestellen, könnten wir das drohende ökonomische Desaster wirksam abfedern.«

Ohje, hätte ich das bloß nicht gesagt! Denn jetzt funkelten mich zwei empörte Glutaugen an und wütendster Protest formte sich zur Gegenfrage: »Aha, so stellt sich der Herr Patriarch also gemeinsame Sparanstrengungen vor. Das Weib darf künftig in Lumpen herumlaufen und er selbst markiert weiter den Lebemann. Du spinnst wohl, wo sind die Sparvorschläge, bei denen du dich einschränken musst?«

Ich merkte schon, die ökonomischen Folgen weltwirtschaftlicher Abläufe zwangen auch mich zu Opfern. Also sprach ich gönnerhaft: »Ich spiele ernsthaft mit dem Gedanken, dass mein neues Auto doch keinen Zwölfzylinder-Motor bekommt, sondern dass ich die Sparversion, den Achtzylinder nehme. Und für dich habe ich, als Ausgleich für Sri Lanka, einen zauberhaften Prospekt mitgebracht: Fastenurlaub im Hunsrück, da kannst du das karge Glück unserer frühen Jahre noch einmal nacherleben ...«

Sperma für den Spartarif

Es ist doch nicht zu fassen: Da lassen die Sylter es sich gefallen, dass irgendwelche uniformierten Unterlinge ihnen in den Schritt fassen, bevor sie ein Flugzeug betreten. Und wenn sie nach Amerika fliegen, dann lassen sie sich widerstandslos fragen, ob sie einst der SS angehörten, Sprengstoffschuhe tragen oder sich regelmäßig beim Psychiater auf die Couch legen. Um die Lebensversicherung zu einem günstigeren Tarif zu bekommen, lassen sie sich vom Vertrauensarzt den Mittelfinger in den Hintern rammen und für die Finanzierung der Mitgliedschaft im Golfclub wird die Oma im Pflegeheim auch schon mal vom Einzel- ins Vierbettzimmer umgebucht. In all diesen Punkten unterscheiden wir Sylter uns nur unwesentlich vom Rest der Menschheit. Manche warfen uns schon mit einigem Recht eine übersteigerte Anpassung an den Mainstream vor. Das änderte sich schlagartig, als wir kürzlich gezwungen werden sollten, unseren Personalausweis vorzulegen, um als Insulaner den gewohnten Rabatt bei der Überfahrt mit dem Autozug zu erlangen. Da schlugen die Wellen meterhoch, da waren dann gleich die Menschenrechte in Gefahr, purer Hass suchte in Leserbriefen nach Entladung und der Job des Autozugkontrolleurs wurde gefährlicher als eine Nachtstreife in Kabul. Oder ... habe ich mal wieder irgend etwas nicht begriffen? Was ist da eigentlich genau passiert?

Natürlich, sie haben wie immer Recht, die Sylter, denn das, was die Bahn da plante, das ging doch gar nicht. Den Personalausweis vorlegen! Lächerlich! Wie denn? Woher denn? Die Sylter haben doch gar keine Papiere. Wofür auch? Wenn sie zum Wintersport nach Kitzbühel auf die Streif fahren, um sich die Menisken auf höchstem Niveau zu zerfasern, benötigen sie dafür doch keinen Lappen. Und für eine Fernreise auf die südliche Halbkugel unseres Planeten besitzen wir einen Reisepass. Also sind die

Forderungen von »Big Brother Bahn« obsolet und alles könnte im Prinzip bleiben wie früher.

Die Bahn jedoch sah das anders. Die pochte auf ihr vermeintliches Recht: Wer weiterhin »on the sunny side of the Verladespur« stehen wolle, solle gefälligst sein Familienstammbuch vorlegen, um die Berechtigung, in den Genuss des Sylter Sondertarifs zu kommen, glasklar nachzuweisen. Widrigenfalls würde die Ausplünderung per Normaltarif erfolgen!

Aber, Ihr Bahnleute, das geht doch schon gar nicht! Sylter führen kein Familienstammbuch. Wie denn auch? Ein Drittel ist schwul, ein Drittel ist geschieden und der Rest ist erwiesenermaßen sowieso partnerschaftsunfähig. Papperlapapp, von wegen Familienstammbuch!

Diese schlagenden Argumente scherten die Bahn freilich einen Dreck. Sie erwies sich in gewohnter Weise als hoch innovativ und brachte den Vorschlag ein, dass der Antragsteller ja mittels Gen-Analyse seine Sylter Herkunft nachweisen könne. Wenn unter dem Mikroskop die Gene »blond und blauäugig« hervorblinzeln und womöglich noch nach Makrele riechen, dann werde dem Spender seine insulare Herkunft bestätigt und er würde den Anspruch auf ein »Eingeborenen-Ticket« für den Autozug zurückgewinnen, hieß es.

Tolle Idee! Endlich ein kreativer Vorschlag! Doch welche Art von Genmaterial müsste ich als Eingeborener einreichen? Ganz klar: Speichel, Blut oder Sperma, alles ist geeignet. Reine Geschmackssache. Doch wie sieht das in der Praxis aus? Da fahren wir ganz locker und entspannt an der Verladerampe vor, und dann kommt da ein Eisenbahner mit einem Wattestäbchen und will einen Abstrich machen, ganz hinten im Hals, in Zäpfchennähe, beispielsweise. Ich meine, Ersparnis schön und gut, aber weiß ich, was der Eisenbahner vorher schon alles mit dem Wattestäbchen gemacht hat? Wie oft das schon benutzt wurde? Und wofür?

Diese Variante zur Speichelgewinnung scheint also unappetitlich, unzumutbar und mithin unpraktikabel. Und Blutabnahme? Geht auch nicht, weil dort, wo üblicherweise der edle Saft gezapft wird, an den Venen der Armbeuge, da ist beim Sylter schon alles schwer vernarbt. Wegen der Heroinschüsse, denken Sie? Unfug! Aber wenn du jedes zweite Wochenende angezwitschert in eine Polizeikontrolle gerätst und viermal im Jahr zum Blutspenden marschierst, weil es anschließend einen Liter Vollbier für lau gibt, dann hinterlässt das auf die Dauern derartige Schorfplatten, dass da keine Kanüle mehr durchsticht!

Bleibt also nur noch der kostbarste, ja, man kann auch sagen: der heilige Saft des Mannes. Doch da stellt sich gleich die Frage: Wie fördern wir den ans Licht? Scheinbar kein Problem, denn was der weiblichen Hälfte der Menschheit jeden Tag aufs Neue gelingt, bei Syltern aber eher einmal pro Quartal, sollte wohl auch hier keine Hürde sein. Deshalb sollte an die Autoverladerampe ein Container gestellt werden, ausgestattet mit dezentem Rotlicht, lichtdichten Vorhängen und einer Sammlung bunter Magazine dänischer Provenienz. Und wenn Mann erwartungsfroh auf der gentechnischen Verladespur eingeparkt hat, erschallt auch schon die Aufforderung: »Hose auf zur Spendenabgabe«! Dem Kandidaten wird ein Reagenzglas in die Hand gedrückt und dann gehtís unter dem Gefeixe der Wartenden für drei bis dreißig Minuten in den Container, je nach Zeit, Lust und Laune. Für manch einen die Gelegenheit, aufrecht und freudig erregt ans Werk zu gehen, um seine eingeschlafene Libido für einen Moment wiederzuerwecken. Auch bekäme die locker und belanglos hingeworfene Bewertung: »Autozugfahren find' ich echt geil« eine ganz andere Färbung. Szenen wie diese wären denkbar. Sie: »Schatzi, du fährst doch heute aufs Festland? Welche Fähre nimmst du denn?« Er mit verträumtem, leicht animalischem Blick: »Nee, ich nehme den Autozug.« Darauf sie erstaunt: »Aber du hast doch gar keinen Personalausweis!« Und er, stotternd, rotohrig und kurzatmig: »Ääh, ja, genau darum!«

Schließlich hat die Bahn von ihrem perversen Vorhaben Abstand genommen. Eine raffinierte Fahrpreisreform hatte die Bahnoberen in ihren Bann geschlagen und die Sylter Probleme in den Hintergrund gedrängt. Das kam denen ganz Recht. Es drohte einfach zuviel Ärger mit diesem renitenten Inselvölkchen.

Dabei hätte die Analyse, um Kosten zu sparen, vom gentechnischen Leistungskurs des Sylter Gymnasiums vorgenommen werden können. Die haben im vergangenen Jahr den Wettbewerb »Jugend forscht« gewonnen, indem ihnen das die Fachwelt verblüffende Experiment gelang, der gemeinen Möwe ein Nachtigallen-Gen einzumendeln. Mancher Abend, den Frischverliebte engumschlungen an der Müllhalde verbringen, ist seitdem eine Spur romantischer als vordem. Und Shakespeare muss wohl alsbald umgeschrieben werden. Romeos Text lautet dann so: » ...nein, Julia, es ist weder die Lerche und noch die Nachtigall, es ist die Heringsmöwe!«.

Ostfriesische Chaostage

Nun war es endlich soweit: Nach endlosen Telefonaten, E-mails, Faxen und allerlei Hin und Her konnte die Expedition in mir so fremde Weltgegenden beginnen. Ich startete meine erste Bädertournee über die Ostfriesischen Inseln! Fragen türmten sich vor mir auf: Würde mir der Durchbruch gelingen? Stünden mir danach sogar die Niederlande offen? Und später Holland? Vielleicht sogar halb Europa? Es war Ende August und ein reifer Hochsommer mit Hitzegraden und wochenlanger Trockenheit machte selbst uns auf Sylt mächtig zu schaffen. Aber auf der anderen Inselkette muss die Sonne nach allem, was ich heute weiß, noch viel schlimmer vom Firmament gesengt haben ...

Da ich als Künstler bisher nie über Bredstedt hinaus gekommen war, hatte ich mich auf dieses Abenteuer gewissenhaft vorbereitet. Reinhold Messners Kultbuch »Wattwandern mit dem Yeti« hatte ich verschlungen, Rüdiger Nehbergs Standardwerk »Verschollen bei Bensersiel« studiert, meinen Blinddarm prophylaktisch rausschnipseln und mein gesamtes Amalgam gegen Elfenbein tauschen lassen. Auf dem Weg ins Fremde habe ich mir zur Abhärtung noch die Hamburger Ausstellung »Körperwelten« angetan, um mich gegen Kulturschocks jeglicher Art zu wappnen.

Ja, ich gebe es zu: Ich war unruhig, unsicher, mir war blümerant! Würde überhaupt jemand kommen? Da kennt mich doch keiner. Ich auf Borkum und der Saal leer? Ich dödel da rum und nur zwei Leute lachen: Ein angetrunkener Handelsreisender und die Garderobiere? Eine Horrorvorstellung. Der kalte Angstschweiß perlte von meiner Stirn, als ich im Emdener Außenhafen ankam und meinen ganzen Bühnenkrempel zum Fährterminal schleppte.

Dort kam mir, einen Blumenstrunk schwenkend, das Begrüßungskomitee entgegengestolpert und nötigte mich zum Trinken größerer Mengen französischen Perlweins, während mein Gepäck mir entrissen wurde. Ja es sei, so versicherten sie vielstimmig, der Fährgesellschaft eine große Ehre, mich nach Borkum tuckern zu dürfen. Man hätte das Schiff eigens zu diesem Anlass umgetauft, strahlte der Kapitän und zeigte auf seine schneeweiße, düsengetriebene Schnellfähre: »MS Manfred Degen« stand da dran, girlandenumflattert. Als ich, von ostfriesischen Jungfrauen begleitet, an Bord ging, spielte die Kapelle »Borkum, du Perle am Nordseestrand« oder so. Ich steckte dem Dirigenten heimlich einen recht großen Schein zu und bat ihn, mal »Ich will zurück nach Westerland« von den »Ärzten« rauszublasen.

Als die Fähre nach all dem Tamtam endlich ablegte und der Käpt'n stolz seine 33000 PS mobilisierte, deutete ich diskret an, dass ich als hypersensibler Mensch seekrankheitlichen Symptomen zuneige und auch schnell und vulkanös reagiere. Daraufhin nahm er die Geschwindigkeit willfährig auf 40 Knoten zurück und die asiatische Bordärztin versetzt mich mit einer Ohrläppchenmassage in Trancezustand.

Auf Borkum ging es ähnlich weiter: Die Straßen waren gesäumt von unüberschaubaren Menschenmengen, Spruchbänder flatterten über den Straßen: »Comedy is coming home – Welcome Manni« und »Irgendwie sind wir alle Sylter – Borkum grüßt Manni«. Vor dem Veranstaltungszentrum prügelten sich die Menschen um die letzten Karten für meine Show. Der Bürgermeister von Borkum kam mit dem Goldenen Buch seiner Gemeinde zu mir ins Hotel gebückelt und berichtete, dass die Immobilienpreise auf der Insel sich verdoppelt hätten, seit bekannt geworden sei, dass ich zum Abkaspern herkommen würde.

Am Abend dann die Show: Es war die Hölle los! In dem Saal, der normal nur für knapp 8000 Menschen konzipiert ist, drängten sich über 12000 Fans, skandierten textsicher und rhythmisch Passagen aus meinen Programmen und schwenkten bettlakengroße Sylt-Fahnen. Junge Frauen nässten sich vor Begeisterung ein und kreischten: »Manni, ich will ein Kind von dir!!!«

Ach, was soll ich noch erzählen, der Abend zog sich bis nach Mitternacht hin, nach 28 Zugaben wurde ich ins Hotel getragen, wo ich nach einem voluminösen Weißbiereinlauf in einen unruhigen Leichtschlaf fiel. Weiberhorden rüttelten von sexueller Lust getrieben an der Zimmertür, aber ich hatte wohlweislich einen Stuhl unter die Klinke geklemmt – die Nummer kenne ich nämlich schon aus Drüsenbüttel an der Schlei! Um die Sache rund zu machen, jagten die Borkumer mir zu Ehren noch ein Feuerwerk der Tschernobyl-Klasse in den Himmel, so dass die Rollmöpse im Glas rotierten.

Kurzum: ein Abend wie jeder andere auch. Rasch war ich mit meinen Gedanken beim nächsten Spielort – auf Spiekeroog. Am Folgetag rauschte ich mittagszeitlich mit meinem Auto in den Hafen von Neuharlingersiel, quasi das Dagebüll von Ostfriesland. Einen blondäugigen Ostfriesenjungen, der dort als Matrose verkleidet rumlungerte, quatschte ich leutselig an: »Hi, Kumpel, wo ist denn meine Fähre nach Spiekeroog?« Er musterte mich mit Augen kalt wie zwei Bommerlunder und nölte in seinem Krabbenfischersingsang: »Komm' raus aus deiner Blechkiste, du Versuchskomiker! Auf Spiekeroog is' Autofahrn verboten.« Ich versuchte es mit einem diskreten Rang- und Statushinweis: »Red' nicht kraus, du Fischbrötchen! Du weißt wohl nicht, wen du vor dir hast. Ich komme von Sylt! Ich bin es gewohnt, mit großen Autos auf kleinen Inseln herumzuheizen.«

Null Chance. Mein ganzer Charme und all die klugen Argumente, sie prallten ab an dem Burschen. So musste ich also meinen geliebten Pkw zwischen ein paar gammeligen Fischkisten parken und das gesamte Komödiantengepäck auf die Fähre zerren, einen kleinen Seelenverkäufer, unter tschetschenischer Flagge fahrend und bemannt von Matrosen, die mit Krummdolchen zwischen den Zähnen am Rostklopfen waren. Das Schiff war überladen wie kurdische Rettungsboote, die während der Tagesschau immer in Südostitalien stranden. Catering gab's nicht und wer aufs Klo wollte, wurde kielgeholt.

Auf Spiekeroog wusste niemand was von mir. Meine Pressemappen hatte die Kulturbeauftragte entsorgt: »Ich dachte, das sei ein Kettenbrief.« Meine ebenso kostspieligen wie großformatigen Vierfarb-Plakate waren in der Vorwoche bei Malerarbeiten als Bodenschutz verwendet worden und die versprochene Tontechnik stand nicht zur Verfügung: »Ja, stimmt, wir hatten da mal so einen

Alu-Koffer mit viel Kabeln und Stöpseln. Ich glaube, den hat die GSG 9 wegen Bombenverdachts gesprengt – sie wissen doch, der Herr Bundespräsident verbringt seine Ferien gern bei uns.« Wenigstens hatten sie an eine preisgünstige Unterkunft gedacht. Für mich waren am Strand zwei Körbe zusammengeschoben worden. Fand ich super.

Auf die Frage, wer von der Kurverwaltung mich denn durch den lustigen Abend begleiten würde, staunte mich die Veranstaltungsleiterin an: »Wo denken sie hin, Herr Degen, das läuft bei uns etwas anders: Ich muss gleich weg, denn ich habe noch einen Nebenjob als Kellnerin, und mein Kollege macht bis 20 Uhr die Abendkasse und hat dann Feierabend. Aber keine Bange, es ist für alles vorgesorgt«, beruhigte mich die spinnerte Tante, »die Türen stellen wir alle auf Ausgang. Wenn sie fertig sind, begleiten sie die Besucher hinaus, bedanken sich artig, wischen den Saal einmal feucht durch und alles ist gut. Also tschüss, bis zum nächsten Mal.«

Es kamen 18 Leute, die meisten gingen schon zur Pause und der Rest wollte mit mir über Sylt als Hauptstadt der Dekadenz diskutieren. Ein Ehepaar war lediglich erschienen, um seinen Unmut darüber zu äußern, dass ich der Konkurrenz das Wasser abgraben würde. Zur gleichen Zeit veranstaltete der örtliche Pastor nämlich einen Dia-Abend mit dem sinnschweren Titel: »Ebbe und Flut, Tag und Nacht – ist ER entscheidungsschwach?«

Verdattert schlurfte ich in mein Strandquartier, erblickte am Himmelszelt den großen Wagen, dachte an mein zurückgebliebenes Automobil und fiel grübelnd in einen unruhigen Leichtschlaf. Die ostfriesischen Inseln sind mir persönlich einfach zu uneinheitlich, zu ambivalent. Da komme ich irgendwie nicht mit klar ....

Olli Assauers Bundesligafantasien

Die Eventkultur treibt auf unserer Goldstaubinsel manch merkwürdige Blüte. Künstliche, lichtüberflutete Eisbahnen für schlittschuhuntüchtige Gören, die wegen Verstauchungen und Handgelenksbrüchen anschließend teuerste medizinische Versorgung in Anspruch nehmen müssen, sind ein Beispiel. Ein ozeanisches Aquarium, das schon vor seiner Eröffnung ehrbare, hanseatische Kaufleute in den Ruin treibt, ein weiteres. Und die ästhetischen Zumutungen des Weihnachtsschwimmens sind irgendwo zwischen der Körperwelten-Ausstellung und den »Hilfe – ich bin ein Fernsehzuschauer«- Shows angesiedelt. Doch der Sylter Erfinder- und Unternehmergeist ruht nimmermehr. Manche schicken sich an, am ganz großen Rad zu drehen ....

Eigentlich wollte ich Olli nur einen ausgeliehenen Dampfreiniger zurückbringen, mit dem ich versucht hatte, Seepocken und Austernkolonien vom Kiel meines kleinen Segelbootes wegzufräsen, mir dabei aber Verbrühungen übelster Art eingehandelt hatte. »Das ist ja wohl ein Teufelswerkzeug«, bellte ich und warf ihm diesen Versandhauskrempel unter die Treppe seines Korridors. Doch bemerkte ich sofort, dass Olli geistig offenbar in anderen Galaxien unterwegs war. Eingehüllt in eine Qualmwolke, die von einer Luxus-Zigarre der Marke »Montecristo Habana« mit 17 Millimeter Durchmesser herrührte, starrte der Querkopf Richtung Zimmerdecke seines Wohnzimmers und schien angestrengt nachzudenken.

»Wen imitierst du denn? Winston Churchill oder Ludwig Erhard?«, fragte ich einschmeichelnd. »Ach was,« krächzte Olli abfällig, »diese aufgeplusterten Mondgesichter, die hatte doch beide keine Ahnung von dem, was wichtig ist auf dieser Welt!«

Ein mutiges Urteil über zwei hoch geachtete Geschichtsheroen, einen, der dem deutschen Volk den Erzählungen zufolge in den 50er Jahren per Wirtschaftswunder zu einem furiosen Comeback verholfen hatte, und einen anderen, der immerhin das Victo-

13

ryzeichen kreierte und den Sport als gesundheitsschädlich betrachtete.

»Und was wäre Deiner Ansicht nach wichtig auf diesem Globus?« fragte ich lauernd. »Fußball, Du Milchtütensammler, Fußball. Erst kommt Fußball, dann noch mal Fußball, dann kommt lange nix, und dann wieder Fußball – so sieht's aus!« Berücksichtigt man die endlosen TV-Übertragungen von den U-16-Meisterschaften Oceaniens und die Einschaltquoten bei Europacup-Erstrundenspielen deutscher Millionenklubs gegen armenische Kleinstadtvereine, die nachmittags in voller Länge über den Bildschirm flimmern, liegt Olli mit seiner Einschätzung wahrscheinlich nicht mal ganz verkehrt. Und schlagartig wurde mir auch klar, wen er da mit seinem neuen Outfit meinte. Olli hatte nämlich, was ich erst jetzt, da sich der bläuliche Nebel um sein Haupt ein wenig lichtete, sichtete, das dunkle Haar eingegelt und nach hinten geschlappt. Außerdem trug er eine Krawatte, die er mit Absicht gelockert und eine bisschen schief hindrapiert hatte, sowie eine Strickjacke von »Cerruti 1881«. Um seinem Idol noch näher zur rücken, hatte Olli sich sogar ein paar Strähnchen vom Coiffeur wellen lassen.

»Hör auf, Olli«, konnte ich mein Lachen kaum unterdrücken, »du gibst wohl hier den Aussauer für Arme!« »Der Rudi weiß wenigstens, wo's lang geht, du Bockwurst«, kanzelte Olli mich ab, um sich danach mit der Hand über die ölige Frisur zu fahren und ungefragt hinzuzufügen: »Alles echt, ich hab' meine Naturkrause viel zu lange versteckt. Die Weiber fahr'n drauf ab. Kannst du ja beim Rudi sehn. Der kann doch jede haben, die Hasen stehen doch Schlange bei dem.«

»Nun rück schon raus mit der Sprache, was soll der Hokuspokus?«, wurde ich langsam ungeduldig. »Welche Pläne verfolgtst du, wo liegt der tiefere Sinn deines Tuns und Handelns?« Immer wenn ich mich mit Olli unterhalte, bemühe ich mich wie automatisch um eine besonders ziselierte Ausdrucksweise, eine Art Reflex, um mich von der arg prolligen Wortwahl meines Gegenübers abzuheben.

Olli holte tief Luft, breitete theatralisch die Arme aus und verkündete: »Alter, ich hol die Bundesliga nach Sylt!«

»Die ist doch schon da. Der VfB Stuttgart kommt seit Jahren her, um im Juni Kondition für die Saison zu tanken und ist dadurch bis in die Championsleague hochgeschossen«, protzte ich mit meinem Wissen. »Ach was, Papperlapapp, Trittbrettfahrerei, was wir brauchen, ist ein eigener Bundesligaklub: FC Real Westerland, United Sölring oder so. Alter, was meinst du was das für'n Bringer ist, das wird `ne PR für Sylt, da kannst du die ganzen Kurverwaltungen mit ihren albernen Ortsprospekten, Öko-Taschen und Wegwerffeuerzeugen doch in die Tonne treten, das ist doch alles Kinderkram.«

»Mir scheint, du hast da ein paar Details übersehen«, wagte ich dem großen Strategen leis' zu widersprechen. »Was zum Beispiel?« bellte der forsch zurück. »Nun, wir haben weder ein geeignetes Stadion noch geeignetes Spielermaterial noch überhaupt eine Lizenz. Und ich glaube, es dürfte schwer fallen, den DFB davon zu überzeugen, uns eine zu erteilen.« »Nicht uns – mir!« triumphierte Olli Assauer zurück. »Ich bin hier der Macher! Die Profiklubs der ersten und zweiten Liga haben Schulden ohne Ende. Insolvenzen, Bankrotte und Lizenzentzüge: Es rauscht bald im Karton, da müssen die Pfeifen beim DFB in Frankfurt doch froh sein, wenn überhaupt noch jemand in der Bundesliga mitmacht, der seinen Platzwart bar bezahlen kann. Ich will dir mal was sagen,« – Olli hatte jetzt seinen Zeigefinger ausgefahren und richtete ihn direkt gegen meine Kinnpartie – »mit solchen Bedenkenträgern wie dir kommen wir nicht mehr weiter in unserer Gesellschaft und hier auf Sylt schon gar nicht. Wir brauchen keine Reformen, wir brauchen Menschen mit großen Zukunftsentwürfen. Solche wie Rudi Assauer und Olli Ohmsen eben.«

Nach dieser flammenden Rede ließ er sich in den schweren, schwarzen Ledersessel zurückfallen – erst jetzt fiel mir auf, dass er sich dieses Monstrum neu angeschafft hatte, ganz offenbar, um seinem Vorbild auch vom Mobiliar her zu entsprechen.

Zum besseren Verständnis möchte ich an dieser Stelle einige Bemerkungen zur Rolle des Fußballsports in Ollis Leben einfügen. Er war in den 70er Jahren aktiver Ball- und Wadentreter in Westerland, er war quasi TSV-positiv. Wenn er auf den holprigen Fußballackern Nordfrieslands seine Blutgrätsche zum Einsatz brachte, dann wurde er nicht vom Platz gestellt, sondern verhaftet. Nach solchen Spielen mussten sogar die Hooligans der gegnerischen Mannschaft psychologisch betreut werden. Die wichtigste Frage unter aktiven Ballkünstlern: »Ist Sex vor dem Spiel dem Erfolg abträglich oder förderlich?« beantwortete Olli wie folgt: »Vor dem Spiel muss Sex sein, in der Halbzeitpause darf Sex sein.« Aus diesem Grunde ist Olli auch schon früh für eine Verlängerung der Halbzeitpause auf 30 Minuten eingetreten, weil er sich bei jedem Heimspiel in den String-Tangas der Cheerleader verhedderte. Die aktive Karriere dieses Kirmes-Fußballers neigte sich dann abrupt dem Ende zu, als er als Folge einer solchen Orgie einen superentscheidenden Elfmeter versemmelte. Hätte er damals das Runde ins Eckige gehauen, sähe die Fußball-Weltkarte heute anders aus. Aber Olli hat das Ding – noch heute rauscht mir bei der Erinnerung ein eiskalter Schauer über den Rücken – so schlapp geschossen, dass der Torwart sich dem Ball entgegenwerfen musste, damit die Kugel nicht irgendwo vor ihm liegen bleiben würde.

Olli drehte zwischenzeitlich die Augen erneut Richtung Zimmerdecke, saugte ausdauernd an seiner Zigarre, produzierte eine Kumuluswolke ätzenden Qualms und gab raunend weitere Teilaspekte seiner verwegenen Sandkistenpläne preis: »Das Syltstadion werde ich mit Fertigbautribünen aus Gussbeton aufstocken, bis da 30 000 Leute reinpassen. Als Spielmacher und Mannschaftskapitän hol ich Andy Möller. Der Andy bringt es noch und in Frankfurt kommt er sowieso nicht klar.«

Nun reichte es mir, ausgerechnet diesen Staatsschauspieler und Schwalbenkönig will dieser Möchtegern-Bundesligamanager uns vorsetzen. Heulsuse Möller wäre ja noch nicht mal eingewechselt worden, als unsere Frauen kürzlich Weltmeister wurden! Schätze, da ziehe ich das nächste heiße Lokalderby vor: Die Alten Herren Tinnum 66 gegen TSV Westerland, Kellerduell in der Seniorenkreisklasse Nordfriesland-Nord mit Treppenlift in der Umkleide! Das wird ein Hit! Was die an versteckten Fouls, Trikotzupfern und anderen linken Tricks drauf haben, da können sich sogar Gelbe-Karten-Könige der Bundesliga noch was abgucken.

Haaalt!!! Hiergeblieben!!!

Die Deutschen sind Reiseweltmeister – toll! Wir waren auch schon mal Biertrinkweltmeister, Fußballweltmeister und das Land der Dichter und Denker. Jetzt sind wir Larmoyanzweltmeister, Pisadeppen und Transitland für osteuropäische Drogenkuriere. Auch ästhetisch ansprechende, leichfüßig dahintänzelnde Ballkunst findet bei unseren überbezahlten Rumpelfußballern schon lange nicht mehr statt. Aber wir sind – noch immer – Reiseweltmeister. Doch was treibt uns? Bloß weg hier? Das wäre ungerecht.

Einer meiner Helden (Maggie Thatcher, Karl Lagerfeld oder Harald Schmidt – ich weiß es nicht mehr) hat mal postuliert, dass der Mensch keinen Urlaub benötigt, wenn er sein Leben einigermaßen im Griff hat. Der Mensch, und das ist doch sogar für jeden Volkshochschulabbrecher nachvollziehbar, ist von seiner mentalen Struktur, von seiner genetischen Ausstattung her gar nicht auf Urlaub eingerichtet. Urlaub bedeutet für einen Menschen Stress, so wie Krieg, unvorhergesehene Sexualakte und Nachtlandungen mit rumänischen Billigfliegern.

Im Urlaub zerbrechen ehedem glückliche Partnerschaften, werden Kinder gezeugt (siehe Pisa-Deppen) und Autos ausgeraubt. In der angeblich schönsten Zeit des Jahres holen sich Menschen merkwürdige Krankheiten, trinken Sachen, mit denen sie zu Hause nicht einmal die Möbel abbeizen würden, und essen Dinge, für die in der Heimat Sondermülldeponien oder Haustierfriedhöfe eingerichtet werden würden. Sie schauen sich Ruinen an, die wie ostdeutsche Innenstädte aussehen, wohnen in Hotels, die Jugendherbergsniveau unterschreiten und baden an Stränden, an denen sie ihren eigenen Exkrementen begegnen. Die Durchhängebetten knicken den Nackenknorpel, so dass man sich jeden Morgen eine schneeweiße Linie Aspirin reinziehen muss. Nach zwei Wochen Weißbrot stellt die Verdauung beleidigt den Dienst ein und nachts schreckt man schweißgebadet auf, von grobem Sylter Vollkornbrot halluzinierend. Und überhaupt die Nächte in fremden Betten, vor allem an den Gestaden des Mittelmeeres: Du kannst dich zwei Wochen lang nicht richtig ausstrecken, erlebst die Pinkel-Performance deines Nachbarn über dir im Badezimmer mit der Tropfsteinhöhlen-Akustik und schreckst jede Nacht gegen zwei Uhr hoch, weil auf der Straße vor dem Hotel mafiöse Schutzgeldeintreiber ihre geklaute Kawasaki auf zwölftausend Umdrehungen hochjagen. Der in dir aufgestaute Hass reicht dann für mindestens einen Genozid.

Beim Rückflug von Down under hast du 'nen dicken Ami als Sitznachbarn, der zwölf Stunden die Armlehne blockiert und in Frankfurt bei der Einreise werden Kroko-Weste, die preiswerte Rolex-Armbanduhr und das sssupergünstige Hongkong-Notebook vom Zoll konfisziert wegen Verstoßes gegen das Washingtoner Artenschutzabkommen, Markenpiraterie und Umsatzsteuer-Unterschlagung.

Zu Hause dann angekommen, stellt man fest, dass die Blumen vertrocknet sind und der Keller vom Regen abgesoffen ist. Der Chef im Betrieb hat festgestellt, dass man ja eigentlich entbehrlich sei und die Nachhaltigkeit des Urlaubs zeigt sich dann im krachenden Finale, wenn man feststellt, dass die Kreditkartenbank das Girokonto wie mit einem Staubsauger leergeräumt hat. Weil dadurch die Daueraufträge nicht bedient werden konnten, hat der Stromversorger den Saft abgeknipst und somit die Tiefkühltruhe zwangsabgetaut.

Seit fünf Millionen Jahren gibt es Menschen, seit 500 000 Jahren üben sie den aufrechten Gang, seit 5000 Jahren begatten sie sich vis a vis, haben dem Trieb also kulturelle Korsettstangen eingezogen und seit fünfzig Jahren fahren die Menschen ein- bis dreimal im Jahr in Urlaub, vergewaltigen quasi ihr eigentlich zu Hause bleiben wollendes Genpool. Doch immer wieder knallt bei den Syltern die Sehnsucht nach balearischer, kanarischer oder gar orientalisch-fernöstlicher Boheme durch und er bekommt Pickel wegen seines Fernwehs.

Dann fliegt er in den Süden, um dort auf unbequemen Stühlen vor lärmumtosten Bistros zu sitzen und beim Anblick der vorbei-

ER WAR IM URLAUB!

flanierenden mediterranen Schönlinge zu überlegen, ob er sich mit seiner Heterosexualität nicht falsch aufgestellt hat.

Wäre es nicht viel klüger, daheim geblieben zu sein, dort regelmäßig die eigene Frau zu beschlafen und abends auf der Promenade mit einem Glas Rotwein in der Hand nach England rüberzuschauen?

Jeder Mensch, der noch irgendwie bei Verstand ist, muss doch froh sein, wenn er seine kostbare freie Zeit nicht in fremdländischen Ödnissen vertändeln muss, sondern den Geist in seinem ihm vertrauten Umfeld Gutes gebären lässt. Weshalb Flugreisen ein so hohes Prestige beim Volk erfahren, ist mir ein Rätsel. Würde uns beim Reiseantritt nach Niebüll jemand kontrollierend in den Schritt greifen, würde man im ICE so gestapelt werden wie in einigen Mallorca-Bombern, würde einem im Restaurantwagen ein solches Essen hingestellt werden wie die Saftschubsen im Flieger es sich erdreisten, dann wäre hier die Hölle los und die Leserbriefspalten der Gazetten hohn- und hasserfüllt! Aber der Reisende lässt sich durch nichts aufhalten, ist duldsam bis zur Demut. Wenn Erwartung und Wirklichkeit bei Urlaubsreisen mal wieder getrennte Wege gehen, kann man den Mentalschaden mit einer knackigen Psychotherapie ja wieder reparieren lassen.

Außerdem empfinde ich es als Schlag ins Gesicht unserer Gäste, wenn wir Sylter in Urlaub fahren. Denn damit sagen wir den Sylt-Urlaubern, dass wir es hier als nicht schön genug zum Verweilen empfinden. Wir signalisieren dem Gast mit unserem Gang ins Reisebüro, dass er mit Sylt die verkehrte Entscheidung getroffen hat, denn wir haben uns für Antaya, Austria oder Australia entschieden. Und wir müssen es schließlich wissen.

Da lob ich mir doch den Immanuel Kant! Der ist siebzig Jahre nicht aus Königsberg rausgekommen und hat darum nur kluge Gedanken gehabt. Wenn ich mir vorstelle, dass er jeden Sommer nach Mallorca gefahren wäre – dann wäre das mit dem kategorischen Imperativ doch nie was geworden ...

Neues vom Weltraumbahnhof Niebüll

Vorigen Sonntag war mal wieder Sylt-Lauf. Da gehe ich gerne hin, um andere Leute leiden zu sehen. Irgendwie tut mir das gut, wenn andere sich quälen für nix. Von Hörnum nach List bei fünf Grad nasskaltem Seitenwind. Frauen laufen vor ihrer Cellulitis weg und Männer ihrer jugendlichen Spannkraft hinterher – mit Hosen bekleidet, die jede Tuntenparty sprengen würden. Hier wird mit Hingabe gelitten. Den Kreislaufkollaps billigend in Kauf nehmend, werden Achillessehnen malträtiert und Menisken zerfasert. Leid und Elend in seiner schönsten Form. Dagegen ist Mel Gibsons Passionsfilm eine Knuddelkomödie ...

Als ich da so versonnen an der Promenade herumlümmelte und mir anschaute, wie Freunde und Verwandte ihren Familienhelden zujubelten, erblickte ich ganz am Ende des weit auseinander gezogenen Feldes meinen Freund Olli – Bier formte diesen Body –, wie er weichsohlig und kleinschrittig heranschlich, keine Menschenseele, sondern nur noch den Besenwagen hinter sich. Doch Olli grimassierte nicht wie die asketischen Laufwunder weit vorn, sondern schaute dämlich-glücklich drein wie Dieter Bohlen auf Koks. Er verweigerte das von den Helfern hingereichte, vorgewärmte Wasser und riss stattdessen seiner Frau Meta die gemäß Hausorder mitgebrachte Flasche Flens aus der Hand. Ohne abzusetzen saugte er das Kühlgehopfte in sich hinein, rülpste genussvoll und schlumpfte der Karawane selig lächelnd und mit eingenässten Augen weiter hinterher.

Ich schob mich zu Meta vor und fragte, was Olli denn dazu bewegt hätte, sich dieser Tortur auszusetzen. Sie strahlte mich an und meinte: »So ist das halt: Wer keinen Führerschein mehr hat, sollte gut zu Fuß sein – und das übt er gerade, mein kleiner Kugelblitz.« Ich muss sie daraufhin äußerst erstaunt angesehen haben, so dass sie mir anbot, doch am Abend mal vorbeizuschauen, um Ollis

Version des temporären Fahrerlaubnis-Verlustes geschildert zu bekommen. Das hörte sich gut an.

Sabine Christiansens Gruselkabinett war schon längst geschlossen, da machte ich mich auf nach gegenüber zu den Ohmsens. Olli war frisch geduscht und allerbester Laune. »Nabend, du Wachturmverkäufer. Na, mal wieder gekniffen, was?« Und dann dröhnte er herum, dass die Geschichte des Volkslaufs neu geschrieben werden müsse, weil er wider alle Prognosen das sturmumtoste Ziel in List erreicht habe. Okay, er war der Letzte von 1500 Startern und der Vorletzte schon eine Stunde vor ihm angekommen. Auch, so räumte Olli nach intensivem Bohren ein, hätte er eigentlich wegen Überschreitens der Maximalzeit disqualifiziert werden müssen. Doch nachdem er, so beichtete Olli uns breit grinsend, dem Sylter Laufpapst Franz Beilmann eine Kiste frisch geräucherter Makrelen für Ende Juni versprochen habe, hätte der per Knopfdruck seine, Ohmsens, Teilnahmeurkunde fertiggespritzt.

Nachdem wir Ollis Meisterleistung ausgiebig gepriesen hatten, wollte ich nun endlich von ihm hören, welche Umstände zum wiederholten Führerscheinverlust geführt hätten. Schlagartig verfinsterte sich das Antlitz meines besten Freundes und er schilderte uns, wie das Schicksal wieder einmal mit ihm Amok gelaufen war.

»Wir haben doch letzte Woche vor dem Umweltministerium in Kiel demonstriert, den Grund hab ich mittlerweile schon wieder vergessen. Weil die Demo aber irgendwie nicht peppte, entschloss ich mich, früher als geplant abzuhauen und noch den Autozug um zehn nach acht zu nehmen. Das wurde allerdings ziemlich eng und so nahm das Unglück seinen Lauf. In Sande auf der B 5 haben die Bullen mich geblitzt und rausgewinkt. Dadurch war ich erst um neun nach acht in Niebüll am Verladebahnhof.« Olli kippte einen anständigen Schluck Bier in sich hinein und fuhr dann fort mit seiner Geschichte. »Schon an der ersten Schranke stand ich mir die Räder eckig: Erst zahlte der Simpel vor mir umständlich mit EC-Karte, dann ließ er die Schaltertante das komplette Syltprogramm runterbeten und abschließend ging die blöde Socke noch aufs Klo. Und ich stand eingekeilt direkt hinter ihm, kam nicht vorwärts und nicht rückwärts. An Schranke zwei ging's nicht weiter, weil da so

ein Hutträger aus unseren östlichen Kolonien an der Technik verzweifelte. An der letzten Schranke fiel mir in der Hektik meine Karte runter, genau unters Auto. Ich kam aber gar nicht raus aus meiner Gurke, weil vor und hinter mir andere Blechkisten standen und links der Automat. Also musste ich durchs Schiebedach steigen, um die Karte aus einer Pfütze zu fummeln. Ich kraxelte zurück und fuhr weiter bis in den Stauraum. Der Zug war natürlich schon lange weg und darum gab es großes Gedränge im gastronomischen Erlebnispark des Shuttle-Bahnhofs Niebüll.« Ich lächelte und ergänzte: »Weißt du eigentlich, dass diese Zumutung auch ‚Der blaue Vogel von Südtondern' genannt wird?«

Olli reagierte nicht auf meinen Einwurf, sondern fuhr stringent fort: »Das Zischen der Friteusen, das Klappen von Mikrowellentüren und das Rappeln des Currywurstschredders waren für die nächsten zwei Stunden meine Hintergrundmusik.«

Im anschließenden Gespräch über das Geschehene gab Olli zu, dass er sich in diesem Ambiente an frisch gezapftem Bier gütlich getan und den Aufruf zur finalen Verladung beinahe verpasst hätte. Sein Auto war inzwischen durch Kurierdienst-Sprinter so zugeparkt, dass er es nur durch die Beifahrertür besteigen konnte. Anschließend musste er abermals rausklettern, weil der Fahrer des ersten Wagens in der Reihe die auf grün gesprungene Ampel gar nicht erkennen konnte, da sie acht Meter über ihm, statt sichtbar vor ihm montiert war. Aber Olli verhielt sich, wie er beteuerte, weiterhin friedfertig und regte sich nur ein wenig darüber auf, dass der Knallkopp hinter ihm während der gesamten Überfahrt das Fernlicht anließ.

Bei der Ankunft in Westerland nahm das Drama seinen Lauf. Die Entladung hätte gestockt, so berichtete Olli jetzt schon mit deutlich mehr Aggressionsdruck in der Stimme, weil bei dem Typ drei Autos vor ihm der Motor nicht angesprungen sei. Aber kein Problem, dachte sich mein Freund, die smarten Jungs vom weltbesten Shuttle-Service sind ja mit modernster Kfz-Starthilfe ausgestattet, auf dass die menschlichen Unzulänglichkeiten, zum Beispiel das Laufen lassen des Gebläses während der Überfahrt, flink weggebügelt werden können. Als nach endlosen zehn Minuten ein sächselnder Schlurfie mit entsprechendem Gerät anrückte und irgendwann in der Tiefe des Motorraumes die Batterie entdeckte, stellte die Bahnnudel erstaunt fest, dass der herbeigeschaffte Apparat nicht betriebsbereit war, da der Kollege vom Frühdienst es zu laden versäumt hatte.

Nun gut, um es kurz zu machen, es kam dann zu einer Szene, die im Polizeiprotokoll später als »körperlicher Übergriff in Tateinheit mit übler Beleidigung« festgehalten wurde. »Widerstand gegen Vollzugsbeamte« kam dazu, als die Ordnungsmacht Olli eine Blutprobe abzapfen wollte. Die folgende Nacht verbrachte der Delinquent in Polizeigewahrsam.

Gestern dann, einen Tag vor seinem großen Lauf, war Olli in einem Eilverfahren vom Niebüller Amtsgericht verknackt worden – wegen Landfriedensbruch in einem dem hohen Gericht bisher nicht gekanntem Ausmaß. Das Urteil entbehrte nicht einer gewissen Originalität: 500 Euro Bußgeld an eine karitative Einrichtung, ersatzweise hundert Stunden unentgeltliche Tätigkeit als Kundenberater an Schranke 1 der Autoverladung Niebüll ...

Die Eroberung St. Peter-Ordings

Im Kriechgang schiebt sich mein Jeep die Verladerampe hoch, quietscht durch die engen Kurven und schüttelt sich über den Shuttle, bis ich irgendwo im Niemandsland, im Schatten brachliegender Bahnanlagen zum Halten komme. Meine Frau und die Schar meiner Kinder stehen hart Steuerbord zwischen verrosteten Gleisen und winken mir mit bettlakengroßen Taschentüchern zu. Tränen fließen und der Wind weht exaltiertes Schluchzen herüber. Vor mir liegt eine höchst heikle Aufgabe, das wird kein Osterspaziergang. Da ist es beruhigend, wenn die Häupter meiner Lieben einen Teil des absehbaren Leides auf sich zu nehmen bereit sind ...

Jedes Jahr am Ostermontag wartet auf mich der härteste Job der Welt, jedes Jahr am Ostermontag wäre ich lieber Straßenfeger in Bagdad als Pausenclown an der Westküste, denn jeden Ostermontag steht ein Auftritt in Bad St. Peter-Ording im Terminkalender. Ein Abend, der stets alles von mir fordert, der mich um Jahre altern und mich vorher immer wieder hektisch in der esoterischen Büchersammlung meiner Frau stöbern lässt. Aber das, was mich auf der Bühne von St. Peter erwartet, kann keine Edelstein-Therapie wegklappern, das bekommst du nicht mit Wandmakerschen Fußmassagen weg gegriffelt, nein, da hilft nicht einmal ein gepflegtes Bachblütentee-Klistier – da musst du durch, da musst du deinen Mann stehen.

Bungee-Jumping in Down under, Gleitschirmfliegen im Schweizer Jura oder das Dorffest von Archsum, das ist alles Kinderfunk dagegen. Da kotzt du dich aus, wechselst die eingenässte Hose und das Leben geht weiter. Meine Ostermontag-Bühnenshow auf der Halbinsel Eiderstedt ist eine im Vergleich dazu ganz andere Baustelle, da gehst du raus und weißt nicht, ob du jemals in die Künstlergarderobe zurückkehrst. Denn hier führen andere Elemente als sonst Regie: Zufall, Irrtum und Wahnsinn! Neunzig

Minuten Kontrollverlust unter Scheinwerfern und bei offenen Mikrofonen!

Der Autozug rauscht über den Hindenburgdamm. Ich blicke gen Süden. Mein Meer, mein Wattenmeer. Mein Boot liegt im Rantumer Hafen. Ganz alleine. Alle anderen sind draußen. Die weißen Segel blähen sich prächtig. Werde ich mein Boot je wiederbetreten? Werde ich die Höllenprüfung von St. Peter noch einmal bestehen? Oder wird's mich diesmal zerschmettern? Werden sie mein Ego pulverisieren, werde ich meinem geliebten Wassersport künftig nur noch im Rahmen therapeutischen Segelns frönen dürfen?

Fragen über Fragen und der Autozug steht nun schon seit 20 Minuten in Lehnshallig. Normalerweise könnte ich zerspringen vor Wut und Ungeduld. Am Ostermontag aber empfinde ich es als Gnade, an dieser Stelle inne zu halten zu dürfen. Ich greife zum Büchlein mit den Lebensmutgeschichten von Traugott Giesen. Das trage ich immer bei mir. Wenn ein Überholmanöver misslungen ist, wenn mein Navigationsgerät sich mal wieder frech in ein Telefonat einmischt oder nach einem Tankvorgang meine Altersversorgung beim Deubel ist, dann finde ich Trost in Traugotts Brevier. Ohh, tut das gut. Ich atme tief durch und lege das Büchlein zur Seite. Der Optimismus ist zurückgekehrt. Ha, St. Peter-Ording, lächerlich! Euch mach ich fertig! Den heil'gen Geist werd' ich euch einblasen, euch elendigen Strandparkern!

Kaum in Niebüll angekommen, geht die wilde Jagd los! Die Herausforderung: bis Ording in einer Stunde. Dafür setze ich kurzerhand die Straßenverkehrsordnung außer Kraft. Auf der linken Spur den Wiedingharder Nougateiersuchern das Rücklicht zeigend und die Ampelkreuzungen bei apartem Rot-Orange überrauschend, so durchfliege ich die Gardinger Güllegegend und bremse staubaufwirbelnd vor dem Kursaal, noch bevor der große Zeiger senkrecht steht. Sssuper. Mein Herz rast und pumpt sortenreines Adrenalin durch die Venen. Jetzt bin ich gefährlich wie ein angeschlagener Boxer. Jetzt würde ich mir nicht selbst begegnen mögen! Jetzt fürchte ich nichts und niemanden mehr! Na ja, ich sag mal: fast nichts.

Denn es folgt die erste fiese Klippe. Ich steuere den Vorverkaufsschalter an und frage mit scheinbarer Gleichgültigkeit: »Wieviel?« Die Tickettante schaut mich tranig an und antwortet gelangweilt: »So um und bei 180.« Nicht übel, fast ausverkauft. Aber in St. Peter trügt zuweilen der schöne Schein. Daher die geheimnisumwitterte Nachfrage: »Und wie viel haben diesmal wieder ... ?« Sie grient mich unverschämt an und erwidert: »Schätzungsweise die Hälfte.«

Die Hälfte also, wie üblich. Das bedeutet: Der Saal ist zwar voll, ein Verkaufserfolg, nach dem sich mancher Schlageraffe die Finger lecken würde. Doch in diesem Falle hat 50% des Publikums ein Problem, das meines werden wird. Denn die Hälfte der Leute haben beim Vorverkauf Karten für ... **Michael** Degen erstanden. **Michael** Degen, der graumelierte Staatsschauspieler, der immer die total anspruchsvollen Rollen bekommt und infolge dessen hochangesehen ist beim Feuilleton. **Michael** Degen aber besitzt unseliger Weise eine Ferienwohnung in St. Peter-Ording. Er ist quasi der einzige Prominente, mit dem die örtliche Kurverwaltung sich zu schmücken vermag.

Die Badegäste an diesem Vorposten der Einöde bewegen sich im Spannungsfeld zwischen Rheumaliga und Treppenlift. Sie sind leidensbereit, haben das Osterfest zwischen Müslischroteiern und ZEIT-Kulturseiten zerrieben und wollen ihre endgültigen Sinnfragen nun von **Michael** Degen beantwortet bekommen.

Und dann erscheine ich, der Hofnarr aus dem hohen Norden!

Licht aus, Spott an und mit laszivem Hüftschwung tänzele ich auf die Bühne, meine geile Versace-Hose als Fanal Sylter Dekadenz herzeigend und eine volle Breitseite Häme gegen St. Peter-Ording losballernd. Sekundenschnell sortiert sich mein Publikum. Meine mir nachreisenden Fans, an grellbunten Sylt-T-Shirts, Pudelmützen mit Inselkonturen und meckerndes Gegackere unschwer zu erkennen, klabastern die ersten Lachsalven durch den Saal. Das konzertante Aufploppgeräusch mitgebrachter Flens-Buddeln in ihrer Ecke ließe einen stimmungsvollen Abend erwarten – wären da nicht diese **Michael**-Degen-Fans! Diese frühpensionierten Diplom-Bibliothekarinnen, diese ehrenamtlichen Gleichstellungsbeauftragtinnen, diese stellvertretenden Kirchenvorstandsmitglieder mit ihren Halbbrillen, mit den handgewebten Walleröcken, ihren hennagefärbten, asymetrischen Dauerwellen, der auf La Gomera aufgehauchten Sonnenbräune, so sitzen sie da, schwerst konsterniert, psychisch kollabierend, tuscheln miteinander, wünschen sich in ein anderes Sonnensystem und spielen – es ist ihnen mühelos anzusehen – mit dem Gedanken, diese Stätte der Barbarei, des Flachwitzes, diesen Ort des Ungeists und der Subkultur schmollschnutig zu verlassen.

Aber halt, meine Damen und Herren, denke ich verschlagen, da wollen wir doch mal schnell ein paar intellektuelle Hürden aufstellen. Und ich ziehe – viele glauben, das sei gar nicht möglich – das Niveau meines Programms schlagartig hoch, circa auf unteren 3Sat- oder Arte-Level. Mit raffiniertem Name-Dropping, von Marcel Reich-Ranitzki über Ernst Bloch, Anne-Sophie Mutter bis hin zum – kommt immer gut – Dalai Lama, sowie der Bezugnahme auf verschiedene FAZ- und taz-Leitartikel gelingt es mir, grüblerische Nachdenklichkeit zu erzeugen und innere Zerrissenheit zu provozieren. So kraus der Quatsch auch ist, den ich da vom Stapel lasse: Durch Pointenfreiheit wird nun mal intellektueller Schwergang vorgetäuscht und die Fluchtkandidaten bleiben erst einmal hocken. Na siehste, denke ich, und schleudere ein paar primitive Grobschlächtigkeiten Richtung Billigplätze, damit meine Hardcore-Fans nicht vom Glauben abfallen.

Alles läuft jetzt bestens, doch es bleibt ein organisatorisch leider nicht zu vermeidendes Problem: die Pause. Eine verflixte Gelegenheit für all die Halbbrillen, sich mit schlankem Fuß in ihre Appartements davonzustehlen. Wenn das passiert, dann spiele ich den zweiten Teil vor halbleeren Sitzreihen!

Unabhängig davon ändere ich Backstage noch einmal die Strategie und Outfit. Die Versacebüx fliegt in die Ecke und ich klettere in eine schwere Breitcordhose, wie meine **Michael**-Degen-Fans sie von zahllosen GEW-Konferenzen und vor allem von ihrem Idol selbst kennen. Ein flotter Eugen-Drewermann-Pullover, der prickelnde Erinnerung an frühe Kirchentage wecken soll, rundet das Bild ab. Anschließend schminke ich mir noch ein paar Tränensäcke an die Backen, gelebtes Leben, geleistete Trauerarbeit und rotweinselige Altersweisheit vortäuschend. Es müsste doch gelingen, die versehentlich anwesenden Damen auf meine Seite zu ziehen.

Als ich ziemlich bräsig auf die Bühne zurück stolpere, bemerke ich zu meiner Erleichterung, dass die Reihen noch gut geschlossen sind. Glück gehabt! Jetzt ziehe ich, ganz im Kontrast zu meinem Öko-Outfit, das Standardprogramm durch und haue den Leuten die tausendfach bewährten Geschmacklosigkeiten im Stakkato um die Ohren, so lange bis es endlich aus ihnen herausbricht, Kadenzen glockenhellen Lachens zwischen Mezzosopran und klasischem Alt machen den kruden Kursaal zur Kathedrale des Klamauks. Nun lassen sie sich ein auf meine Geschichtchen, sie lassen los, hemmungslos, Augen leuchten, Busen beben und am Buchtisch prügeln sie sich schlussendlich um meine gedruckten Schmonzetten. **Michael** Degen? Vergessen der Langweiler. Wer war das noch?

Dann rennen sie mir hinterher in die Luxussuite des örtlichen Sieben-Sterne-Hotels, betatschen mich hier und da, knabbern an meinem Ohrläpchen, vergreifen sich an der Minibar und zupfen einzelne Haare aus meiner Bürste, um sie daheim hinter das Glas eines Bilderrahmens zu kleben und an die Wand zu hängen. Eine von diesen enthemmten Schrapnellen mästet mich mit Eierliköreiern, eine zweite kramt aus der Tiefe ihrer Handtasche ein Poesie-Album hervor. In einem unbeobachteten Moment gelingt es mir, den Frauenzimmer-Fluch zu vertreiben. Endlich herrscht Ruhe im Karton. Es ist kurz nach elf. Ich schnappe mir die Fernbedienung, schalte »Neun live« ein, gönne mir ein Bier und genieße den Feierabend nach einem überaus erfolgreichen Gastspiel.

Ach ja, meine nächste Veranstaltung in St. Peter-Ording werde ich mit Plakaten bewerben, auf denen steht: **Kabarett mit M. Degen**.

Bewiesen: Sylt besser als Mallorca

Seit Jahren tobt ein verbissen geführter Streit unter Prominenten wie unter Krawalltouristen: Wo ist es schöner? Auf Mallorca oder auf Sylt? Die einschlägigen Serien im deutschen Flachfernsehen brachten in der Vergangenheit leider keinen Aufschluss. Glauben wir den Handlungsabläufen und Dialogen der meisten Folgen, dann dackeln auf beiden Inseln hauptsächlich Geistesgestörte durch die Botanik. Unsere stets wachen und einfallsreichen Sylter Kurverwaltungen wollten diese offene Frage endlich einmal seriös geklärt wissen und baten mich in meiner Eigenschaft als Weltbürger, einmal auf die Balearen-Insel zu reisen, um, mit einem Fragenkatalog ausgestattet, einen populärwissenschaftlichen Vergleich anzustellen, inkognito, versteht sich. Auf diese Weise, Leute, bin ich zum ersten Mal nach Mallorca gekommen – und ich bin entsetzt! Meine Güte, was ist das denn für eine trostlose Ecke?

Das fängt schon an mit der Vegetation. Während wir auf Sylt mit einer immensen Vielfalt an Pflanzen und Bodenbeschaffenheiten gesegnet sind, wächst auf Mallorca mancherorts gar nichts. Kargheit und Armut gaffen uns an. Und selbst dort, wo einige stachelige Sträucher und knorrige Bäumchen vor sich hin kümmern, besteht der Untergrund aus rötlichem Geröll. Wer da durch die Orangenplantagen spazieren will, muss mit Verstolperungen und Muskelfaserrissen rechnen. Ans Meer gelangt man meistenteils gar nicht: Überall steil abfallendes Felsgestein und sehr wenige, meist künstlich angelegte Strände. Insider munkelten mir sogar ins Ohr, der Playa des Palma sei überwiegend mit importiertem Sylter Sand aufgeschüttet worden.

Da bleibt nichts anderes: **Punkt für uns.**

Ein anderes wichtiges Element bei so einem knallharten Vergleich ist natürlich das Sportangebot und hier wiederum die Beantwortung der Hauptfrage: Wie sieht's mit Golf aus? Kann ich jederzeit mit meinen karierten Büxen und den zweifarbigen Schlappen übers Green wackeln? Sylt hat da bekanntlich einiges zu bieten. Zwischen Wenningstedt und Kampen liegt eine der prächtigsten Golfanlagen des Kontinents. Auch in Morsum und auf dem Flughafengelände lässt sich eine gemütliche Kugel schieben. Und auf Malle? Ja, schon, Golfplätze haben die auch – aber zählen Sie mal die Löcher nach! Mal sind es 15, dann wieder 17 oder 19. Tja, da nimmt es der Malloquiner halt nicht so genau. »Hasta manana« oder wie das heißt bei denen. Wie auch immer: **Punkt für uns.**

Die Öffentlichen Verkehrsmittel sind auch so'ne Spezialität auf unserer Konkurrenzinsel. Während in Westerland schmucke, blaue Busse modernster Bauart im Stundentakt und sekundengenau die Haltestellen abklappern und es niemanden schert, dass kaum einer mitfahren will, bilden sich an den Haltepunkten Mallorcas stets Menschentrauben, die vergebens darauf hoffen, von einer klapprigen Rostlaube abgeholt zu werden. Allerdings verkehrt noch eine Bimmelbahn zwischen Palma und Sóller, während unsere süße Inselbahn kürzlich eingestellt wurde.

Deshalb an diesem Punkt ein zähneknirschendes **Unentschieden.**

Top-Bewertungskriterium ist natürlich auch die Exotik, die so eine edle Destination ausstrahlt. Wenn man sich durch einen mallorquinischen Supermarkt schiebt und nebenan niederrheinische Frohnaturen mundartliche Wunderlichkeiten absondern, keimt schnell der Gedanke, man habe sich womöglich verflogen. Äußerst exotisch war auch der Engländer in meinem Hotel, der sich jeden Morgen sein Revolverblatt, die »Sun«, kaufte und immer ganz langsam ging, damit ihm die Einlegesohlen nicht aus den Badelatschen rutschten. Wenn man hingegen des Morgens in Morsum in der Schlange beim Bäcker steht und mitlauschen darf, wie blondäugige Friesen sich in ihrer Klöppelsprache zum Bosseln verabreden oder die Jungfrauen des Ortes in ihrer anmutigen Tracht erblickt, wie sie mit ihren Ringreiterpferden zur Arbeit reiten, dann wird man ganz trunken vor Glück, für ein

STRAND 40m

paar Tage an diesem Ort musealer Glücksseligkeit verweilen zu dürfen.

Resultat: **Folklorepunkt für Sylt!**

Dann die Architektur: Während auf Sylt zahllose Friesenhäuschen mit ihren anmutigen Reetdächern sich reizvoll zwischen Plattenbauten und Fertigbaukästen kuscheln, herrscht auf Mallorca ein unerträgliches Durcheinander. Leute, da schmerzen einem doch die Augen! Hier noch'n Türmchen und da noch'n Erker und hier noch'n Balkon und da noch 'ne Außentreppe, jeder grad so, wie's ihm passt. Bauaufsicht Fehlanzeige! Und dazu die Farbgebung: Während hier bei uns eine fein abgestimmte, harmonische Kombination aus friesischblau und unschuldweiß dominiert, ist dort alles in den Schmutzfarben Ocker, Beige, Rotbraun oder Terracotta gehalten. Eine permanente Attacke auf die Pupillen. Klare Sache: **Punkt für uns.**

Zentrale Bedeutung an Urlaubsorten besitzt natürlich das Wetter. Nun ist das mit der Bewertung so'ne Sache: Manche mögen's am liebsten extrem schwül, andere bevorzugen tagelangen Dauerregen. Da lassen sich schwer einheitliche Maßstäbe finden. Deshalb habe ich mich ganz objektiv dem Thema genähert und stelle kommentarlos ein paar nach dem Zufallsprinzip ausgewählte, offizielle Wetterberichte nebeneinander.

Mallorca, 22.2.2004: *Um die Autos nach dem Schlammregen am Freitag wieder zu reinigen haben sich vor den Autowaschanlagen auf Mallorca lange Blechschlangen gebildet. Schuld an dem Schlammregen war eine warme, sandgesättigte Luftfront aus Afrika, die vor Mallorca auf kalte Luftschichten gestoßen war und abregnete.*

Mallorca, 28.2.2004: *Der Schnee hat Nordspanien weiterhin fest im Griff und auch auf den Balearen rechnen die Meteorologen mit Sturm und weiter sinkenden Temperaturen. In der Nacht zu Samstag wurde für Mallorca und Menorca eine Sturmwarnung herausgegeben.*

Westerland 22.8.2003: *Nach wochenlangem Sonnenschein mit überaus angenehmen Temperaturen in Luft und Wasser wird auch für morgen mit der Fortdauer des Supersommers gerechnet.*

Wozu diskutieren: **Punkt für uns.**

Ein mir besonders am Herzen liegendes Thema ist das Autofahren am Urlaubsort. Willst du auf Mallorca ein wenig umherheizen, dann musst du dir ein Auto mieten. Doch was da so angeboten wir, damit würde man hierzulande jeden TÜV-Prüfer in schwerste Depressionen stürzen. Der ganze Kleinwagenschrott, den nicht einmal baltische Autoschieber mit der Rohrzange anfassen würden, röchelt da munter über die Königin der Balearen. Profillose, bremsschwache, Kat-freie und zugluftige Stinkzwerge brezeln wie kleine Sondermülldeponien über die Serpentinen. Wenn es den Gast auf Sylt jedoch gelüstet, mit seiner Limousine umherzugondeln, so steht ihm ein ausgeklügeltes Straßennetz in erstklassigem Zustand und fast ohne Serpentinen zur Verfügung. Und wenn ihm das nicht reicht, kann er ja gern noch, ganz wie die Einheimischen, ein wenig durch die Fußgängerzone zuckeln.

Eine unstrittige Angelegenheit: **Fetter Sonderpunkt für Sylt!**

So weit ein erster Auszug aus meiner natürlich noch viel breiter und tiefer angelegten Expertise, die ich demnächst den Kurverwaltungen unterbreiten werde. Da kommen dann natürlich auch so Themen wie Wasserreinheit oder Diskothekenlärm zur Sprache, die ich hier noch ausgeklammert habe. Auch die jeweilige Promidichte könnte mal objektiv gewichtet werden. Soviel vorweg: Die Spanier warten mit B- und C-Promis vom Kaliber Boris Becker, Claudia Schiffer, König Juan Carlos und Michael Douglas auf, während sich Sylt im Glanz von Karl Dall, Anja Schüte und Ronald Schill sonnen darf.

Der Redlichkeit halber will ich jedoch nicht verschweigen, dass Mallorca in einer Hinsicht Sylt übertrifft: in puncto Erreichbarkeit. Während »Air Berlin« seine Passagiere in zwei Stunden von Frankfurt am Main nach Palma fliegt und dafür 89 Euro kassiert, braucht die DB für die Strecke Frankfurt-Westerland gut sieben Stunden und der Spaß kostet 104 Euro. Dafür ist man dann natürlich auch an einem in allen Belangen überlegenen Urlaubsort ...

Die Lämmerschwanzwackelrede

Es gibt nur noch wenige Ereignisse, die uns stundenlang vor den Fernsehern verharren lassen. Der Fall der Mauer, die Niederlagen deutscher Fußballer auf internationalem Parkett oder angebliche Königinnen der Late-Night, die krachend scheitern – das sind die letzten Ereignisse dieser Qualität. Vor einem Jahr geschah es in der Kategorie Politik, dass Deutschland sich mal wieder vor dem Fernseher versammelte, weil der Kanzler uns allen etwas sagen wollte. Es war vorher natürlich alles streng geheim und deshalb wusste auch jeder, was kommen würde. Nur, wie er die Message 'rüberbringen würde, die Performance, das, worauf es im Showbiz ankommt – das war es, worauf das Publikum mit atemloser Spannung wartete ...

Es war eine tolle Stimmung damals, im März. Einfach karnevalesk. Endlich würden die Grauschleier zerrissen, die über den Menschen in Deutschland seit geraumer Zeit hingen. Frohsinn und Zuversicht ließen die Augen leuchten, und keck riefen die Menschen in den Straßen: »Ja, Kanzler, endlich, lass Blut, Schweiß und Tränen fließen – wir sind bereit! Zeige uns den Weg, den dornigen, wir werden folgen! Spende uns Licht in der Düsternis! Wir geben dir unser letztes Hemd, denn unser Geld hast du ja schon...«

Na ja, noch nicht alles. Einen Rest hatten wir noch in der Zuckerdose, die so genannten »Notgroschen«, verwahrt für eine ganz schlechte Zeit, halt für jetzt! Und diese Finanzreserven hatten wir gegen Bier, Kartoffelchips und Salzstangen getauscht, denn an einem Freitagmorgen um neun Uhr ist es soweit: Unser Bundeskanzler hält seine Ruckrede. Ein Appell an sein Volk, den sechs Jahre zuvor der damals amtierende Bundespräsident Roman Herzog kreiert hatte, der hernach aber von der Politik verschoben, vergessen und verlegt wurde. Jahrelang wurden alle Chancen verdaddelt, ein paar Pflöcke einzuschlagen, neue Reifen aufzuziehen,

Daumenschrauben anzulegen oder was die Metaphernkiste noch hergibt, um Veränderungen und Neuanfang zu beschreiben.

Deutschland steht mit dem Rücken an der Wand, wir haben uns an unseren Kolonien im Osten verhoben, sind die Pisa-Doofen in Europa, und das Abschreckungspotenzial der Bundeswehr wird von jeder Politesse übertroffen und die Höhe der Arbeitslosenzahlen nur noch von der des Telekom-Defizits. Im Urlaub verleugnen wir schon unsere Herkunft und stellen uns als Holländer oder Dänen vor, damit wir am Pool nicht zwei Wochen lang Spott- und Hämeopfer anderer Volksgruppen sind. Die Rente gibt es künftig ab 67 als Sozialhilfe und statt Zahnprothesen bekommt jeder einen Packen Puddinggutscheine ausgehändigt.

Das ist doch unglaublich: Ein Volk, das den Computer, das Auto und den Maggiwürfel erfunden hat, geht am Stock! Die Rentenkasse sieht aus wie mein Girokonto und die Staatsfinanzen wie mein Aktiendepot. Es macht keinen Spaß mehr! Jede Tagesschau ist wie eine Fahrt mit der Geisterbahn. Erscheinen Müntefering, Merz und Merkel auf der Mattscheibe, greift die Hand wie ferngesteuert zur Fernbedienung – das ist ja alles unaushaltbar!

Doch damit soll heute endlich Schluss sein. Unser Bundeskanzler hat sich aufgerafft, sich endlich mal ein paar stramme Gedanken gemacht und will mit einer Ruckrede Deutschland – quasi per Mund-zu-Mund-Beatmung – den »Wind of change« einblasen. Wir haben geduscht, was Nettes angezogen, den Hund mit 'nem Tritt vor die Tür befördert und sind aufgeregt wie die Kinder vor der Bescherung. Der Fernseher läuft, die Spannung steigt. Wird Gerd sich zum Politsuperstar aufschwingen, schafft er es, uns in einen Begeisterungstaumel zu versetzen? Oder haben die roten Betonköpfe der Fraktion schon im Vorhinein alles versuppt und vertretmint? Die Schwatten haben schon angedroht, die SPD links zu überholen und selbst die CSU hat sich mit Juso-Argumenten der Siebziger Jahre munitioniert. Oh, das wird ein schwerer Gang!

Pünktlich um neun Uhr stemmt Schröder sich aus dem Kanzlersessel, geht ein paar Schritte und wuchtet einen Riesenstapel Papier aufs Rednerpult. Deutschland zuckt zusammen. Und dann beginnt er esprit- und lustlos ein sozialpolitisches Kettensägenmassaker vorzutragen. Alles olle Kamellen, die frischeste vor zwei Wochen gelutscht. Seehofer grinst rundbackig. Das, was Schröder da androhe, das fordere er schon seit sechs Jahren, ruft er dazwischen. Die Zeit verrinnt. Schröder redet über dieses und jenes, legt noch eine Schleimspur zur Opposition, damit er im Bundesrat nicht jedes Mal abgewatscht wird und verirrt sich zwischen rhetorischen Abraumhalden. Doch wo bleiben die Kracher? Wo bleibt der große Wurf? Nix da. Der Kanzler liest ab, verspricht sich dauernd und füllt die Hälfte der Zeit mit der hohlen Anrede: »Meine Damen und Herren!«

Das Plenum langweilt sich. Müntefering kommen sichtlich Bedenken: »Redet so ein Sozi?« Fischer sehnt sich nach New York.

Er mag lieber Amis piesacken. Superminister Clement rollt verzweifelt mit den Augen und denkt: »Wär' ich Dussel doch im Dorf geblieben!«

Angela Merkel rutscht rotwangig auf ihrem Stuhl hin und her und feilt noch ein wenig an ihren rhetorischen Dumm-dumm-Geschossen. Friedrich Merz guckt wie ein sauerländischer Schulsprecher aus dem Anzug und denkt wütend: »Jetzt geht gleich diese strapshaarige Ossi-Tante nach vorne und darf dem Kanzler in die Suppe spucken. Das kann ich doch viel besser. Wäre bloß die Mauer nicht gefallen!«

Die beiden noch nicht abgewickelten PDS-Bundestagsmädels sitzen ganz oben an ihrem Katzentisch und verabreden sich für den Nachmittag zum Kinobesuch: »Goodbye, Lenin« – zum dreiundzwanzigsten Mal. Wäre bloß die Mauer wieder da!

Irgendwann ist Schröder fertig. Total fertig. Es ertönt Pflichtbeifall und die Abgeordneten links von der Mitte stehen auf, als hätten sie einer historischen Rede gelauscht und seien noch ganz benommen von der Sinnschwere der Kanzlerworte. Die Opposition schweigt und wühlt scheinbar geschäftig in Aktenbergen.

Wie verabredet erheben sich plötzlich Dutzende von Abgeordneten aus allen politischen Lagern und steuern den Ausgang an. Denn jetzt kommt die Merkel dran – und in der Kantine gibt es leckere Schweinelendchen. Der Kanzler hat zwar angeordnet, dass die Diäten eingefroren werden und das Abgeordneten-Sterbegeld ganz abzuschaffen ist. Aber ihre Schweinelendchen hat er den Volksvertretern gelassen.

Und wie haben wir draußen im Lande das Dramolett erlebt? Wir sitzen bedröppelt vor der Flimmerkiste, kartoffelchipsverkrümelt. Das Bier ist schal und uns ist ähnlich zumute. Wo war der Ruck? Das war ja nur gewackelt wie mit einem Lämmerschwanz. Das war keine Ruckrede, das war eine Lämmerschwanz-Wackelrede. Dafür bin ich nun mitten in der Nacht aufgestanden? Shit! Wie es jetzt weitergeht? Na, wie immer: Ich bringe erst einmal die Pfandflaschen weg! Und dann sieht die Welt schon wieder rosiger aus ...

Konterrevolution in der Tanzschule

So ist Mutter Natur: Schon im Februar schenkt sie uns manch milden Tag, an dem die Meisen schlagen, frühe Lämmer über den Deich hoppeln und sich auch bei uns Menschen dies und das regt: Die Jugend knutscht klappernd mit ihren gepiercten Lippen und Zungen herum und brünstige Handy-Es-em-Essen jagen aufgeregt durch den Äther. Die Männerwelt steht Kopf, weil die Testosterone an der Tür rütteln. Und kaum lässt man sie rein, schaltet der Verstand auf Sendepause. Das war schon immer so, auch zu der Zeit, als wir, die heutigen Leistungsträger der Gesellschaft, noch die jungen Wilden waren, das heißt: Ganz so war es eigentlich nicht, vielleicht ähnlich, aber genau genommen total anders ...

Wer die Sechziger Jahre als Spätpubertierender erlebt hat, ohne Schwestern aufwuchs und die Prozentrechnung in einer reinen Jungenklasse eingebimst bekam, für den war die Entdeckung des Weibes so aufregend wie die Begegnung Reinhold Messners mit dem Yeti. Wir mussten damals komplizierteste Strategien anwenden, wollten wir uns diesen prickelnden Wesen mit der Zielvorgabe nähern: Körperkontakt und Flüssigkeitsaustausch, egal wie, wann und wo!

Zu diesem Zwecke bediente man sich mit Vorliebe der Tanzschulen, einem Relikt der Spießbürgerlichkeit, das so gar nicht in die rebellische Gesamtstimmung passen wollte, das wir aber zähneknirschend akzeptierten, um eben bis in diese erogene Nahkampfzone vordringen zu können.

Also wurde am Samstagnachmittag die Akne spezialbehandelt und das Nyltest-Hemd übergestreift, durch dessen statische Aufladung wir am Kopf aussahen wie ein aufgeschreckter Kugelfisch. Mit Vaters Rasierwasser pufferten der Angstschweiß ab und zur Krönung zwängten wir uns in das schon etwas spack sitzende Konfirmationssakko. Dann ging es bebenden Herzens zur Tanzstunde, wo man paradoxerweise nicht versuchte, dem anderen Geschlecht aufzufallen, sondern bemüht war, sich im Kreise seiner Freunde irgendwie unsichtbar zu machen.

Auf der anderen Seite des Saales standen sie, die Objekte unserer kurzatmigen Begierde, hochtoupiert und stark blondiert, mit feuchten Augen, klappernden Kunstwimpern und zitternden Unterlippen, wie eine Herde Jungantilopen, die von Geparden umkreist wird.

Doch bevor wir, wie und wo auch immer, Hand anlegen durften, mussten wir der Form gerecht werden und diese lästigen Tanzschritte einstudieren. Es war, als müsstest du dir, um ein lecker Bier zu zischen, erst mal ein Glas blasen. Dabei hatten wir wirklich andere Sorgen – den Mopedführerschein, die neue Stones-LP, der ständige Ärger mit den Eltern wegen der Haarlänge – und in der Lage sollten wir hier einen Langsamen Walzer vom Foxtrott unterscheiden lernen!

Einige von uns jungen Wölfen besaßen schon ein Auto, vereinzelt sogar mit Liegesitzen und eingebautem Radio. Die waren natürlich ganz weit vorn und schleppten die schärfsten Bräute ab. Heißer Neid flog ihnen hinterher. Quasi den zweiten Zugriff auf die Oberweiten hatten die stolzen Besitzer einer 50er Kreidler. Nach der Tanzstunde wurden sie auf ihrem Bock von der Schnalle von hinten geklammert und von unten durchgerüttelt – Vollkontakt mit Leder und Vibration, das wirkte, war aber im Grunde doch nur Horst Buchholz für Arme und James Dean für Notgroschenempfänger.

Ich besaß weder Pkw noch Moped und wohnte auch noch in der Nachbarschaft der Tanzschule. Das bedeutete: Ich hatte nicht einmal einen Nachhauseweg! Unter diesen verheerenden Voraussetzungen schmolz der Kreis jener Mädchen, die sich für mich interessierten, natürlich gewaltig. Mir blieb die freie Auswahl zwischen einigen kichernden Krankenschwestern mit Krummkeulen auf der einen sowie bebrillten Gymnasiastinnen, die für Gedichte von Hermann Hesse und Rainer Maria Rilke schwärmten, auf der anderen Seite. Die Sommerferien verbrachten diese Schöngeistweibchen mit ihren Eltern in Bad Orb oder Travemünde. Die Väter

waren so genannte hohe Tiere: leitende Regierungsdirektoren oder Zahnärzte, die Mütter Diplom-Bibliothekarinnen mit Helfersyndrom. Sonntags drückten sie in ihrer Kirchengemeinde die Tasten eines Harmoniums oder backten Plätzchen für den Osterbasar. Es war, milde ausgedrückt, nicht das ideale Umfeld, um die Sexualität in ihrer aufregenden Zartheit, Vielfalt und Brachialität kennen zu lernen.

Für einen aktiven Mitläufer der 68er-Bewegung wie mich war es eine strategische Herausforderung, diese herumkokettierenden, dabei aber unendlich gut riechenden, konterrevolutionären Widerstandsnester zu knacken. Abende lang verbog ich mich in öden, sinnlosen Gesprächen, fast wie ein Vertreter, der einer sturen, kratzbürstigen Hausfrau endlich die Leistungskraft seines Klopfsaugers demonstrieren möchte. Ich verriet blindlings meine Idole (»... ja, gewiss, Jimmy Hendrix nimmt bestimmt Drogen, finde ich auch nicht gut so was ...«) und drehte die Augen zur Zimmerdecke, wenn sie mir stundenlang ihre tränensatte Leonhard-Cohen-Plattensammlung vordudelte. Irgendwann dann, an einem dieser Samstagabende, an denen die Eltern gepflegt in die Staatsoper stolzierten, wurde es mir zu bunt – ich blies zum Halali! Mit Hilfe einiger kreativ gemischter Getränke, erst ein Rum-Cola, dann ein Wodka-Bluna, durch hartnäckiges, ja penetrantes In-die-Augen-Schauen, gewürzt mit martialisch ausgeschmückten Berichten von Straßenschlachten an der Seite Rudi Dutschkes und Daniel Cohn-Bendits eroberte ich die »Lufthoheit über dem Nierentisch«, der Zickenwiderstand brach in sich zusammen wie eine Straßenbarrikade in West-Berlin und endlich konnte ich mich horizontal an die Bürgertochter heranschnullern. Im milden Schein des Kerzenlichts und mit Hilfe der alkoholisch bedingten Bewusstseinsbeeinträchtigung hat die Beute dann sogar optisch einigermaßen was hergemacht und der ganze Affentanz und all die taktischen Finessen erwiesen sich als wenigstens nicht völlig vergebens. Wenngleich das Erlebnis an sich bei weitem nicht an die Größe manch literarischer Vorlage heranreichte und schon gar nicht an die schillernden Gerüchte, die in den Klassenzimmern unserer Knabenschule herumgeisterten. Aber das steht auf einem anderen Blatt.

Für mich persönlich war diese Erfahrung trotz alledem eminent wichtig, denn ich hatte gerade ein Praktikum bei der Eisenbahn begonnen und dort spürte ich sehr schnell, dass Elvis Presleys Handlungsanweisungen in »Love me, tender«, dem Liebeslied eines Lokführers, meine quälenden Saturday-Night-Probleme nicht dauerhaft würden lösen können...

Entertainment für Reisende

Kondensstreifen am Sylter Himmel, Jazzmusik in den Westerländer Straßen, aber eiskalte polare Fallwinde am Strand: Da, Leute, kommt Fernweh auf, da rüttelt uns die Sehnsucht nach fremden Gestaden durch und Kontostände werden mit Urlaubsterminen und Flugplänen abgeglichen, um das Unmögliche mal wieder wahr zu machen: Bloß weg hier.

Reisen bildet. Ein alter Hut, aber zutreffend. Das erfahren wir immer wieder von denen, die uns auf unseren Weltreisen vor die Füße laufen und uns mit ihrem geografischen Halbwissen auf dem Level eines Volkshochschulabbrechers vollrhabarbern: „Ich war auch schon mal in Sylt. Ich war auch schon mal auf Westerland." Der Lapsus ist bei all diesen Klugscheißern Standard und auf bestem Wege anerkannter Bestandteil der Umgangssprache zu werden – und trotzdem: Ich kann's nicht mehr hören!!

Im Bayerischen, genauer gesagt: im Niederbayerischsten, da traf ich mal einen, der original den Satz formulierte: „Soso, aus Norddeutschland kommen sie. Kenn ich, kenn ich, war ich auch schon mal: in Salzgitter!"

Kruzitürken noamal – ich fass es nicht! Denken die denn immer noch, dass da, wo es kein Weißbier gibt, Norddeutschland liegt?!?

Und dann der Depp im Zug neulich, der seinen Enkel auf der Fahrt über den Hindenburgdamm dumm quatschte: „Schau einmal rechts aus dem Fenster, Konstantin-Emanuel, das ist die Nordsee und links, das ist die Ostsee!"

Richtig heftig aber wird's in der fernen, weiten Welt, zum Beispiel den USA, wo viele Menschen der Ansicht sind, Deutschland sei eine russische Kolonie ohne Strom und Telefon. Andere Amis begreifen unser Land als einen Hort blondgezopfter Frauen oder hackenknallender Uniformträger – je nachdem, welcher Fernsehsender ihnen ihr kleinkariertes Weltbild eingebrannt hat.

Die Pole-Position in der Rubrik: »Voll daneben« besetzt eine liebenswerte Dame in einem australischen Provinznest, die ihre globalen Kenntnisse in die Aussage kleidete: „Deutschland?? Europa! Ah ja – Europa kenne ich: Ich war schon mal in Kanada!"

Doch Vorsicht mit verfrühter Häme. Die Servicekräfte in den insularen Reisebüros haben schon erschütternde Erfahrungen mit

der geografischen Kompetenz der Sylter gemacht, wenn die in den Laden kommen, um eine Fernreise zu buchen: „Nein, nicht nach Westindien, in die Karibik soll's gehen!"

Aber wenden wir uns im Rahmen dieser kleinen Plauderei über das Reisen der Eisenbahn zu: No risk, no fun – fahr Bundesbahn! Ein Thema, das uns Sylter geradezu elektrisiert. Während der Durchschnittsdeutsche dank eines immensen einschlägigen Wissens bekanntlich jederzeit den Job des Fußballbundestrainer übernehmen könnte, vereint der Sylter darüber hinaus auch noch die Fähigkeit, jederzeit Kurdirektor und/oder Bahnchef werden zu können. Ich selbst habe die Freude am Eisenbahnfahren verloren, weil ich es nicht mehr ertrag, mit anderen, mir mehr oder weniger fremden Menschen, derart zusammengepfercht zu werden, dass ich über Stunden nicht nur ihren Mundgeruch Schnuppern muss, sondern auch zusehen darf, wie ihnen Haare aus verschiedenen Körperöffnungen wachsen. Und dann kann ich meinen Nebenleuten, da wir in engstem, ja intimem Kontakt die Zeit im Schoße der Bahn verbringen, beim Verdauungsvorgang zuhören, es sei denn, jemand führt gerade ein lustiges Telefonat mit dem Handy – eine Alternative, die oftmals nicht besser ist als die Geräusche fremden Darmblubberns.

Wohl eher ungewollt hat sich in den IC-Zügen ein Entertainment-Programm zum Ergötzen der Reisenden entwickelt, das Seinesgleichen in der Welt sucht: Die Durchsagen des Zugpersonals sind sowohl inhaltlich wie auch formal ganz großes Kino. Mit ihren Laut- und Pausenverschiebungen, mit ihrem Textableiern und Wortgestackse vermitteln sie den Eindruck, dass nicht die nächste Haltestelle angesagt, sondern ein Sachsen-Anhaltinischer Kabarettworkshop abgewickelt wird. Aber vielleicht haben diese ungezählten, wortvergewaltigenden Zugbegleiter sich Verona Feldbusch zum Vorbild genommnen, die es ja durch einen außerordentlich laxen Umgang mit der deutschen Sprache zu Wohlstand und Ansehen gebracht hat. So etwas findet halt immer Nachahmer.

Zukunftsangst leichtgemacht

Dass man es den Menschen nicht recht machen kann, ist bekannt. Fragen Sie mal Ottfried Fischer: Der versucht in seiner Rolle als Kabarettist unablässig, die Leute zum Lachen zu bringen, doch die wollen einfach nicht begreifen, an welcher Stelle es lustig sein soll. Wann gemeckert werden soll, weiß dagegen jeder. Unzufriedenheit ist der ständige Begleiter zumindest des Deutschen, Nörgelei sein Lebenselixier. Niemand mag den heutigen Lebensstandard an dem, sagen wir mal, der 60er und70er Jahre messen, als die meisten Singles noch zur Untermiete wohnten. Niemand hat darunter echt gelitten. Is' wie is', lautete das praxisnahe Lebensmotto vieler. Heute muss es eine Loft sein oder eine Eigentumswohnung über zwei Etagen. Immobilien unter diesem Niveau gelten als »Löcher« und sind Anlass, die Regierenden heftig zu attackieren, ihnen vorzuwerfen, sie würden ihren Untertanen vorenthalten, was denen zusteht. Momentan ist die Stimmung wieder mal auf einem absoluten Tiefpunkt angelangt ...

Wer kanns noch, wer mag noch hinschaun? Larmoyanz allüberall, Verzagtheit liegt wie Mehltau über dem Land. Es wird gejammert und herumlamentiert, dass es kaum mehr zu ertragenen ist. Beleidigt sitzt ein jeder auf seinem Geld und übt sich in Zukunftsangst. Schmallippig werden Speisenkarten studiert und die Euro-Preise hinterköpfig in Mark rückgerubelt.

Denn der Groll sitzt tief, der Groll auf die Gastronomen zum Beispiel, die bei der Euro-Umstellung einszueins frechgerechnet haben. Die »gefühlten« Preisanhebungen haben weh getan. Vorbei die Zeiten, da man seinen Lunch »hingenickelt« hatte. Du mußt es dem Kellner heute »rüberrascheln«. Manch einem ist im vergangenen Jahr erst draußen vor dem Restaurant klar geworden, dass er einem Raubzug zum Opfer gefallen ist. Tellergerichte, die auf Quadratmeter umgerechnet, den Preisen Sylter Baulands entsprachen! Fünf Euro für ein 0,25 l Pils – das waren Rotlichtpreise ohne Weiber! Wer gar Freunde einlud und eine mehrgängige Sause schmauste, dem wurde das Kreditkartenkonto wie mit einem Staubsauger leergeräumt. Übel das alles.

Doch die Strafe folgte sofort und die Macht des Marktes rauschte wie ein Wirbelwind durch die Sylter Gastroszene. Jetzt kann man wieder – hier und da, nicht überall, aber immer öfter – gut speisen zu angemessenen Preisen. Zur Mittagszeit sowieso, aber auch zum Abend hin treibt einem der Blick in die Karten der Sylter Wirte nicht mehr das Wasser in die Augen und den Kloß in den Hals. Der eine und der andere Gastronom hat mit spitzem Bleistift nachgerechnet und nun Angebote auf der Karte, von denen der Gast nur anerkennend sagen kann: »Tolle Sache, guter Mann!«

An Themen für lästerliche Gespräche bei Tisch wird es trotzdem nicht mangeln. Weiterhin gibt es Lokalitäten, in denen einem die Ohren mit Radiomusik durchgeblasen werden, in denen der Spargel so aldente angeköchelt serviert wird, dass der Zubiss kracht wie in rübenrohe Karotte!

Grünkohl hat ja das Problem, wie geschredderte Marsmännchen auszuschauen. Diesen Plopp dann aber auch noch mit Petersilie zu garnieren, das war mein Gastroflopp im Letztjahr.

Doch die Angstfrage, die täglich durchgerentnert wird und stets unbeantwortet bleibt, ist: Sollen wir sparen für später, weils dann nix mehr gibt oder sollen wir alles jetzt, hier und heute lustvoll verbraten? Unsere Elterngeneration hat ja noch die tolle Einstellung, dass sie sich atemlos durchs Leben knechtet, damit sie ihren Kindern ordentlich was hinterlassen kann. Das ist ja auch soweit in Ordnung, weil wir die Erbengeneration sind und irgendwann mit dem Zaster zugeschüttet werden wollen. Aber die Idee kann fix zur grauen Theorie werden, denn die Alten sind fit wie Turnschuhe und tänzeln sich durch den sonnigen Lebensherbst. Ich kenne einen neunzigjährigen Sylter, der seinen BMW so tiefgelegt hat, dass er wegen Spoilerabrissgefahr nicht mehr über den Bordstein auf sein Grundstück fahren kann.

Erbengeneration – lächerlich! Du knackst doch eher den Jackpott oder sprengst die Spielbank, als dass beizeiten ein sattes Erbe eingefahren wird. Wir, unsere Generation, das sind die Loser! Nicht nur, dass ab 2020 jeder Arbeitnehmer einen Rentner zum Vollsponsoring an die Seite gestellt bekommt, nein, Pustekuchen, zusätzlich müssen wir unsere eigene Altersfreizeit auch noch selber wuppen.

Früher habe ich gedacht, wenn ich irgendwann einmal mein finales »...und tschüss!« aushauche, dann will ich nur ein paar Spuren im Sand und 'ne schwarze Null auf dem Konto hinterlassen. Unerfüllbar, diese Vorgabe. Ich nehme mir jetzt die kreative Haushaltsführung Hans Eichels zum Vorbild. Das bedeutet, dass die ungeborenen Generationen bis ins dritte und vierte Glied angezapft und ausgeplündert werden. Irgendwann bricht der ganze Lug und Trug sowieso zusammen, und die Mark wird wieder eingeführt – einszueins, und dann ist – schwuppdiwupp – die Hälfte der Rotzahlen schon wieder weggedampft!

Nein, soviel kann man gar nicht saufen, als dass man das nicht locker schnallt: Die Menschen arbeiten bis dreißig auf Leichtlohn, jobben nachher hier und da, bis sie mit einer Frühverrentung oder Privatinsolvenz aus dem Rennen scheiden und powerwalken, das aber noch fröhlich bis in die späten Achtziger, über die Sylter Deiche. Da platzt doch jeder Dreisatz. Das ist doch eine Rechnung mit keinem Unbekannten! Arbeiten bis 67? Lächerlich, da müssen wir dann noch mal voll durchstarten!

Ach ja, und dann noch eine Warnung für den Pfingstausflug, eine Warnung vor der sich ausbreitenden Seuche namens »Power- oder Softwalking«, diese sich dahinschiebende Bedrohung unseres Grundempfindens für die Schönheit natürlicher Bewegungsabläufe: Dass das weibliche Geschlecht sich vom Kampf für irgendwelche Gleichstellungen verabschiedet hat, findet meine uneingeschränkte Zustimmung. Aber jetzt wie Kindereisenbahnen über die Insel stapfen, so dass die Schafe vor Schreck nur noch schwarzlammen, empfinde ich als Zumutung der Leichtigkeit meiner Sinne gegenüber. Seit ich Powerwalking kenne, liebe ich Synchronschwimmen! Und jetzt, der neueste Übeltrend, watscheln sogar schon Männer vorweg. Geistige Latzhosenträger, Frauennamen-Annehmer, Autozug-Untenbenutzer, zu faul zum Joggen, sicher alles Bisexuelle, sich in obskuren Männergruppen ausgeweint habend, hinter sich der Weiberhaufen mit der quadratischen Wucht eines Asterix'schen Römerbataillons – soll das nun ein Pfingstfest werden oder ist das schon Karneval?

Wir überplanen die Freie Republik Sylt

Der politische Entwurf eines autonomen Freistaats Sylt stammt aus dem Jahre 1990 und sorgte für allerlei Aufsehen. Der damalige Bundeskanzler Kohl sah sich gar genötigt, einen Staatsgast auf unserer Insel zu empfangen. Das hat es weder vorher noch danach je gegeben. Hintergrund der Aktion: Kohl wollte den Syltern signalisieren, dass er eine Abspaltung nicht dulden, sondern nötigenfalls Truppen aufmarschieren lassen werde. Nun hat sich seither einiges verändert, Wandlungen, die eine Überplanung des ursprünglichen Konzepts erforderten. Zur Jahreswende 2003 auf 2004 machte ich mich daher ans Werk und packte öffentlich ein paar so genannte heiße Eisen an. Die Reaktion war enorm. Ein Sturm der Begeisterung und der Entrüstung brach los. Manche ziehen mich der Idiotie andere bescheinigten mir Genialität. Wegen dieser sinnfälligen Diskrepanz, bat ich die politische Fakultät der Uwe-Barschel-Universität in Kiel, meine Vorschläge und Forderungen mal unter die Lupe zu nehmen und zu bewerten. Die Kommentare, die ich aus Kiel erhielt, habe ich meinem folgenden Positionspapier hinzugefügt, so dass kein Leser mehr das Gefühl haben kann, ihm solle mit suggestiven Mitteln etwas aufgeschwätzt werden ...

Präambel

Eines steht fest: Wenn wir nicht bald in Wallung kommen und die Kurve kriegen, dann wird es hier auf Sylt zappenduster, dann werden die Kreditlinien auf Null runtergefahren, dann müssen wir alle ran an Omas Reserven unterm Kopfkissen. Beraten von den klügsten Köpfen der Insel habe ich in dieser alarmierenden Lage aufgeschrieben, was an Sofortmaßnahmen vonnöten ist. Das Ergebnis zeigt: Wir haben noch eine Chance! Werden diese wegweisenden Vorschläge umgesetzt, dann wird alles anders, schöner und besser. Sylt könnte – mit leichter Verspätung – fit werden fürs neue Jahrtausend!

Thema Sylt – eine Insel – eine Verwaltung

Das Problem: Eine Verwaltung für die ganze Insel – das wird kommen. Wünsche und Befindlichkeiten der einzelnen Gemeinden können mit Klugheit zum Kompromiss gebracht werden. Wichtig ist dann der neue Name der Großgemeinde. Sylt geht nicht, denn so heißt ja schon die Insel. Westerland geht auch nicht, denn dann kommt keiner mehr hierher.
Mein Vorschlag: Alles heißt Kampen. Wir werden alle Kampener und sämtliche Urlauber machen in Kampen Urlaub. Das ist es doch. Morsum heißt Kampen-Ost, Westerland wird zu Groß-Kampen und Hörnum zu Kampen-Süd. Beiprodukt: So finden sie da unten endlich einen Sponsor für den »Blauen Vogel«.
Kommentar aus Kiel: Sehr schön die Reduzierung der Problematik auf die Namensgebung, gekoppelt mit einem schöpferischen Vorschlag. Kampen genießt bundesweit Ansehen als Deutschlands Topdestination. Mit einem Schlag kann sich, wird der Vorschlag Realität, fast jeder Kampen leisten. Sogar die Punks vom Hamburger Kiez, falls die Bahn mal wieder einen günstigen Tarif für sie raustut.

Thema Eisenbahn

Das Problem: Der Zugverkehr nach Sylt wird sich sukzessive reduzieren. Irgendwann fallen die Intercity-Züge ganz weg. Und wenn erst das Viadukt von Hochdonn weggerostet ist und die Züge von Hamburg mit Umsteigen in Jübek und Husum nach vier Stunden hier einlaufen, dann können wir auf Sylt das Licht sowieso ausknipsen. Mit dem Autozug zu fahren, ist für Erholung suchende Gäste das erste Mal noch lustig, ab dann nervt es nur noch.
Mein Vorschlag: Ab Niebüll ist Schluss mit der Eisenbahn. Die Strecke bis zum Dammfuß wird eingeebnet und darf Radweg sein. Der Hindenburgdamm wird zur vierspurigen Schnellstraße umgebaut und jeder kann fortan kommen und wegfahren, wann er will. Unsere ehemaligen Bahngäste werden mit klimatisierten Reisebussen direkt von zu Hause abgeholt und in ihre Ferienquartiere

gebracht. Eine Maut wird erhoben und der Deutschen Bahn zugestanden. Die hat es schließlich nötig. Wir nicht. Sämtliche Bahnanlagen auf Sylt werden schlagartig entfernt, Großparkplätze unterirdisch eingerichtet und oberirdisch wird ein Stadtpark mit Golfplatz eingerichtet. Dadurch kann die Innenstadt verkehrlich neu ausgerichtet werden. Eine schöne Aufgabe für unser dynamisches Bauamt. Der Vorteil: Ein Zuwachs an Freiheit, an Dispositionsfreiheit, denn nun kann jedermann jederzeit nach Sylt reisen oder Sylt verlassen.
Der Kieler Kommentar: Fantastisch. Mit einem Federstrich brennende Probleme der Insel überzeugend gelöst. Und endlich würde auch das Straßennetz auf der Insel effektiver genutzt als bisher. Denn Sylt fehlt doch etwas, was heute zu einem modernen Gemeinwesen zwingend dazu gehört: Autostaus, stinkende Blechlawinen morgens, mittags und abends. Besonders hübsch die Idee mit dem Golfplatz. Auch in dieser Hinsicht herrscht bislang ja ein eklatanter Mangel auf Sylt.

Thema Kurtaxe

Das Problem: Die Kurtaxe ist eine museumsreife Gästebremse, eine Lachnummer, eine Wanderdüne in der Servicewüste Deutschland!
Mein Lösungsansatz: Die Kurtaxe gehört abgeschafft – sofort. Weg damit! Statt von qualmenden Frührentnern in Unterhemd und mit Sonnenbrille in Kontrollhäuschen mit dem Charme antiimperialistischer Schutzwälle, sollen unsere Gäste von anmutigen jungen Menschen willkommen geheißen werden, die Sonnenölproben verteilen und Infobroschüren überreichen. Mögen auch die Sylter »Tourismusfachleute« und Politiker sich immer wieder in Kiel die Bestätigung abholen, dass die Erhebung einer Kurabgabe nicht nur zulässig, sondern zwingend erforderlich ist, so haben sie damit schon ihr Scheitern eingestanden. Wir alle wissen, dass man schon für sehr wenig Geld sehr lange Zeit All-inclusive-Urlaub in Weltgegenden mit etwas verlässlicherem Wetter machen kann. Damp an der Ostsee hat längst vorgemacht, dass es auch ohne Kurtaxe geht. Ein Drittel der Kurabgabe verbrennt ja ohnehin schon fürs

Eintreiben und Verwalten. Ein weiteres Drittel sparen wir durch Strukturveränderungen. Das letzte Drittel holen wir durch eine Erhöhung der Fremdenverkehrsabgabe wieder rein. Fertig! Wir müssen endlich handeln. Die Konkurrenz rüstet fies auf. Vor zehn Jahren haben wir über Meckpom gelacht. Das war ein schwerer Fehler. Dort sind heute die Gäste, die uns fehlen. Sylt hat lange genug mit Pleiten, Pech und Pannen von sich reden gemacht. Wie wäre es mit der Schlagzeile: Sylt wieder ganz oben – Urlaubsparadies schafft Kurtaxe ab?
Der Kieler Kommentar: Sehr geschickt, schon in die Problembeschreibung eine negative Bewertung einzubauen, die jede Opposition verbietet. Gut auch die zupackende Formulierung: Weg damit! Schon viel zu lange wird in Deutschland demokratisch rumgedoktert. Das tut doch nicht nötig. »Weg damit« geht schneller, ist einfacher und direkt umsetzbar. Erstaunlich: Trotz des geringen Platzes, den der Autor für seine revolutionären Pläne beansprucht, sind sogar die Finanzierungsfragen des entstehenden Defizits beantwortet: Ein Drittel von da, eins von dort und ein Drittel verbrennt ja sowieso. Das erinnert stark an die Steuererklärung, die auf einen Bierdeckel passt. Solche Politikrezepte haben Zukunft.

Thema Paulstraße

Das Problem: Die Paulstraße ist im Sommer Treff- und Flaniermeile unserer jungen Gäste. Die machen anders Urlaub als unsere älteren Gäste. Da ist Action und Highlife, bis der Morgen graut. Das gibt Ärger. Jede Nacht! Das Problem ist nicht lösbar. Auch nicht mit Zettel verteilenden Sozialarbeitern.
Mein Lösungsvorschlag: Die Sylter Gastronomen kaufen die der Lärmbelästigung anheim fallenden Ferienappartements auf und bieten sie als Personalwohnungen für Gastronomiemitarbeiter an. Die »Sondervergnügungszone Paulstraße« darf nicht plattgemacht werden, sondern muss als Chance begriffen werden. Junge Gäste auf Sylt! Ein Gottesgeschenk. Was können wir denen schon bieten: Ponyreiten? Aquariumsbesuche? McDoof? Kurkonzert? Angemalte Betonkübel in der Fußgängerzone oder kaukasische Lyrik in der

Syltquelle? Nein, die wollen sich die Nächte um die Ohren hauen. Und davon wollen sie dann zu Hause erzählen. Ihren Kumpels. Und dann kommen sie auch wieder. Mit all ihren Kumpels.
Der Kieler Kommentar: Unverständlich, weshalb der Autor sagt, das Problem Paulstraße sei nicht lösbar? Er löst es doch selbst gleich anschließend in überzeugender Manier, so wie dieser Pfiffikus auch für jedes andere Problem eine sofort vollziehbare Lösung parat hat. Und hat er nicht Recht, wenn er, obgleich unausgesprochen, beklagt, dass die trinkfestesten deutschen Jugendlichen und jungen Erwachsenen nicht nach Sylt kommen, sondern durch El Arenal taumeln? Eine kleine Anregung sei uns von Kiel aus gestattet: Um das Ziel zu verdeutlichen, sollte die Paulstraße vielleicht in Sylter Schinkenstraße umbenannt werden. Kleine Kritik: Die Bezeichnung »McDoof« will nicht so recht in einen Text passen, der sich ansonsten durch Ernsthaftigkeit und Tiefsinn auszeichnet.

Thema Flughafengelände

Das Problem: Die Bundeswehr geht weg. Der Kasernenbereich Flughafen wird frei. Was wird passieren? Wird das Gelände plattgemacht, renaturiert? Werden wieder die Bedenkenträger triumphieren, die Ökos und Latzhosen?
Mein Vorschlag: Ein neues Dorf braucht die Insel. Mit Einheimischen, mit Gästen, mit allem Drum und Dran! Ein Kino ist schon da, ebenso Straßen, Wasser, Strom. Der Rest kommt ganz von alleine. Man muss es aber auch wollen – und können! Andere können es doch auch. Ein neues Dorf auf Sylt. Mit Kindern, die Schulen brauchen, mit Eltern, die hier arbeiten. Wertschöpfung findet statt. Kirchen, Vereine, Kommunalpolitik bekommen neue Seelen, Mitglieder, Kandidaten. Ein neues Dorf auf Sylt. Und wir jeden Tag in der Zeitung. Bundesweit. Positiv! Wochenlang. Ach, dummes Zeug. Das wird alles plattgemacht wegen eines Wachtelkönigs oder so. Denn das können wir. Und dann stehen wir jeden Tag in der Zeitung. Wochenlang.
Der Kieler Kommentar: Hier schlägt die intellektuelle Kraft eines wahrhaftigen Visionärs voll durch. Ein neues Dorf im Herzen der

Insel: Wieso kann ein solcher Entwurf überhaupt strittig sein? Der Autor baut die Antwort bereits zutreffend in seine Problembeschreibung ein: Die Latzhosenträger schießen wieder quer. Das kennt man ja. Immer diese Linken. Schade, dass den Autor am Schluss der Mut verlässt. Bis dato stimmte alles. Sogar an die Wertschöpfung hat er gedacht, wer tut das heutzutage noch?

Thema Stadtbus

Das Problem: Trotz DB-Sponsoring, Routenverkleinerung und kreativer Buchführung ist der Stadtbus eine Geldvernichtungsmaschine und ökologisch bedenklich. Eine Taktverdünnung auf 60 Minuten reicht nicht, er gehört abgeschafft. Der Bus verdankt seine Entstehung kommunalpolitischem Populismus. So was geht in Brunei, Katar oder Dubai, nicht bei uns.
Vorschlag: Ein Drittel der Fahrgäste bekommt Taxigutscheine, so dass unser Droschkengewerbe auch wieder Licht sieht, ein weiteres Drittel der potenziellen Busgäste kann die bestehenden Linien nach Hörnum, List und Sylt-Ost nutzen und das letzte Drittel soll laufen. Das ist gesund. Dann braucht man im Alter seine Vormittage auch nicht in den Wartezimmern unserer Ärzte zu vertrödeln, das hat die Praxisgebühr überzeugend belegt. Dass nun die Gewinne aus der Strandkorbvermietung mit den Verlusten des Stadtbusses verrechnet, ist für Westerland ein Vorteil. Vorläufig. Denn dadurch bekommt das Land oder der Bund pro Jahr 100 000 Euro weniger. Das sparen sie dann beim Küstenschutz oder bei den Mittelzuweisungen. Und darum alles wieder zurück auf Anfang. Schade, als Sparschwein gesprungen und als Pleitegeier gelandet.
Der Kieler Kommentar: Bestechend die fiskalische Passage mit dem sehr schönen Begriff »Mittelzuweisung«, der auf eine erhebliche Professionalität schließen lässt. Und erneut ein sehr schöner Drittellösungssatz, eine Spezialität des Autors, mit dem Höhepunkt: »Das letzte Drittel soll laufen.« Das klingt nach »Den letzten beißen die Hunde«. Tatsächlich ist der Sozialdarwinismus hierzulande viel zu lange verteufelt worden. Hut ab vor einem, der sich seiner unpopulären Geisteshaltung nicht schämt.

Thema Flughafen Sylt

Das Problem: Die Menschen fliegen fürs Wochenende nach Spanien, zum Weihnachtsshoppen nach New York, zum Carneval nach Rio und nach München, wenn die Bayern spielen. Nur uns gelingt es nicht, im Juni, Juli oder September in Stuttgart, Frankfurt oder München ein Flugzeug mit Sylt-Urlaubern voll zu packen und hier die leerstehenden Appartements zu füllen. Es muss doch irgendwo in Deutschland ein Marketing-Genie geben, dem das gelingt. Andere touristische Gebiete würden uns die Fußsohlen knutschen, wenn sie diesen Flughafen hätten. Und hier wird diese Chance verplempert, als wären die Verantwortlichen Wiedertäufer, Veganer oder Eigen-Urin-Therapeuten.
Der Kieler Kommentar: Sehr gut die Beschimpfung der Verantwortlichen am Ende, aber auch ein kleines Rätselraten im Kreise der Gutachter: Wo bleibt der Lösungsvorschlag? Vergessen? Verschoben? Verlegt?

Thema Windmühlen vor Sylt

Das Problem: Vor Sylt soll auf hoher See ein Windpark entstehen, um drohenden Energieproblemen infolge des Ölmangels vorzubeugen. Dummes Zeug. Das ganze Land ist schon verspargelt und nun wollen sie unser größtes Kapital, den freien Blick nach England, mit Windmühlen zustellen. Ja, ist denen denn überhaupt nix heilig? Wo bleibt der Aufschrei? Das sind doch keine Gutmenschen, die uns vom Atomstromfluch befreien wollen. Die wollen Geld abräumen. Der Windmühlenstrompreis wird künstlich hochgehalten. Irgendwann ist damit Schluss! Und dann sind die alle weg. Und das Geld auch. Nur die Windspargel stehen dann noch da rum. Und keiner räumt sie weg. Aber vielleicht kommt da mal ein russischer Öltanker vorbei und knickt die Dinger. Na, das gibt dann aber ein »Hallo!«
Mein Lösungsvorschlag: Keine Baugenehmigung, fertig!
Der Kieler Kommentar: Zum Schluss zeigt sich der Autor noch einmal von seiner besten Seite. Er beschreibt das Thema und bewertet

es gleichzeitig. Eine wissenschaftlich umstrittene Methode, die aber immer dann angemessen ist, wenn ein großer Geist es tut, was hier unzweifelhaft der Fall ist. Das zeigt sich ein letztes Mal anhand des Lösungsvorschlag: Stringent, effizient und für jedermann sofort verständlich.

Gesamtfazit: Unsere Volksvertreter, sei es in der Kommune, im Lande oder im Bund, sollten sich ein Beispiel an diesem Politikstil nehmen. Wir haben ihn viele Jahre lang schmerzlich vermisst. Wenn die Sylter dem Klarinettenspiel dieses Erneuerers folgen, liegt eine paradiesische Zukunft vor ihnen.

Degen für Zu Hause: Alle CD's

Satire und Klamauk

Ein Abend in der legendären Keitumer »Tenne« vor handverlesenem Sylter Publikum wurde im Oktober 1993 aufgezeichnet und als Tonkassette in limitierter Auflage produziert. Dieses einzigartige Manfred-Degen-Tondokument wurde jetzt aufwändig digitalisiert und »re-mastert«.
»Freche Denkanstöße, temperamentvolle verbale Auseinandersetzung und Freude am Absurden ... sprachlich läuft Degen hier zur Hochform auf ...«
»Sylter Rundschau«

Freie Republik Sylt

»... sorgt auf der Insel für helle Aufregung ... der absolute Bestseller ... Realsatire und Klamauk ... manchmal um die Ecke gedacht und manchmal ganz direkt ...«
»NDR Welle Nord«
Das Kultbuch als Hörbuch: »Grelle Glosse, liebevoll spöttelnde Charakterisierungen und nachdenkliche Zwischenrufe prägen die Kapitel ...«
»Lüneburger Landeszeitung«

Voll auf Kurs

»... vor dem Westerländer Kursaal blühte der Schwarzmarkt: 29 ausverkaufte Veranstaltungen in Folge – das gab es auf Sylt noch nie!«
»Sylter Rundschau«
»... jetzt knallt jede Pointe, der Künstler hatte seine Zuschauer im Griff – einem Schoßkind der Götter gelingt halt alles!«
»Sylter Spiegel«

Jede CD 12,80 €

Degen für Zu Hause: Alle Bücher

Appartement frei!
Freche Inselgeschichten, Satiren und kabarettistische Amokläufe, Degen knackt alle Tabus!
Elend auf dem Eiland – aber auf hohem Niveau!

Voll auf Kurs
Manfred Degen hat auf Sylt mal wieder alle Türen aufgerissen und in sämtlichen Lotterbetten herumgewühlt. Das Ergebnis ist haarsträubend und zum Totlachen!

Sahnestücke!
Die schönsten Geschichten der ersten drei Degen-Bestseller in einem Prachtband. Natürlich mit den wichtigsten Polemiken aus dem Kultbuch »Freie Republik Sylt«.

Manfred Degen, der Sylt-Satiriker, im Spiegel der Presse ...

»FREIE REPUBLIK SYLT *ist für den Insulaner ein Wegweiser zur Selbsterkenntnis. Unerläßlich für den vorausschauenden Urlauber, der sich rechtzeitig mit den sprachlichen Besonderheiten und den Alltags- und Festtagsritualen der Sylter vertraut machen will.*«

SYLTER SPIEGEL, DEZ. '91

»*Fröhlicher Blödsinn, der scharfe Blicke auf den Alltag, eine große Portion Menschenkenntnis, Detailgenauigkeit und eine lockere Schreibe kennzeichnen den Autor ... grelle Glosse, liebevoll spöttelnde Charakterisierung und nachdenkliche Zwischenrufe prägen die Kapitel ...*« LÜNEBURGER LANDESZEITUNG

«*... sorgt auf der Insel für helle Aufregung ... der absolute Bestseller Realsatire und Klamauk, manchmal um die Ecke gedacht und manchmal ganz direkt* « NDR 1

»*Freche Denkanstöße, temperamentvolle, verbale Auseinandersetzung und Freude am Absurden ... sprachlich läuft Degen hier zur Hochform auf ...*« SYLTER RUNDSCHAU

»*... die Autonomie scheint die Lösung für viele Probleme zu sein. Vorbei wäre dann die ewige Bettelei. Die ›Freie Republik Sylt‹, ein Staat, der endlich kommen muß ...*« SAT 1

»*Insel-Scheibner in voller Fahrt ... Alle bekamen ihr Fett weg, Politiker aller Couleurs, die Festländer, die Gäste und natürlich die Sylter selbst ...*« NIEBÜLLER TAGEBLATT

»*... unterhielt sein Publikum mit deftigem Witz, trockener Satire und feinsinnig-hintergründigen Monologen ... die Besucher unterhielten sich köstlich...*« GOSLARSCHE ZEITUNG

Manfred Degen trat im Charlottenhof auf

Rundumschlag mit Biss und kernigem Mutterwitz

Zum Urlaub nach „Schläfrig-Holstein"

Sylter Kabarettist Manfred Degen erobert die Westküste

Sylt Abend im Blauen Zelt bisher bestbesuchter Act

Die Hörnumer als Ostfriesen der Insel

Kabarettist nimmt Vermieter aufs Korn

„Gerümpel raus, Touristen rein"

ST. PETER-ORDING

(gau)

„Da amüsierst du dich garantiert königlich!" Der Ruf eines begnadeten Humoristen eilt dem Sylter Kabarettisten Manfred Degen an der Westküste längst voraus.

Neues von Olli und anderen Sylter Originalen

Manfred Degen begeisterte 200 Zuhörer in Hohenwestedt

Sylter und Festländer kräftig auf die Schippe genommen

Da blieb kein Auge trocken

Schon fast "kultig": Die Nacht mit Manfred Degen im Zelt

Der "Softsatiriker" zeigte Krallen

Sylter Kabarettist nimmt die Insel der „Reichen und Schönen" ganz schön auf die Schipp

Ausweiskontrolle am Autozug à la Degen

Eine Karriere wie aus dem Bilderbuch

Er ist der Sanfte unter den Fiesen und ein großer Charmeur. Morgen abend feiert der Ex-Bundesbahner Manfred Degen sein 10-jähriges Bühnenjubiläum als Insel-Kabarettist.

SYLT

Vom Schalterbeamten zum Profi-Comedian

Sylt — Die Traum-Karriere vom Tellerwäscher zum Millionär hat es auf Sylt mit Sicherheit schon gegeben. Vom Schalterbeamten zum Profi-Comedian hat es aber wohl nur einer geschafft: Manfred Degen verfasste vor zwölf Jahren

Der Live-Auftritt:

»Voll auf Kurs« heißt das aktuelle Kabarett-Programm von Manfred Degen. Regelmäßig tritt er damit während der Saison in den Kursälen von Wenningstedt und Westerland auf, ein Pflichtprogramm für alle Satireliebhaber und kulturbeflissene Gäste. Ratsam ist es, sich rechtzeitig Karten zu besorgen, will man nicht Gefahr laufen, draußen vor der Tür zu bleiben...

Degens Stärke sind seine Ausstrahlung, seine Präsenz und vor allem sein Thema: Sylt!
... das Zelt begann zu kochen, die Rotationsgeschwindigkeit des Deckenpropellers mußte erhöht werden, um die Begeisterung auf ein erträgliches Maß herunterzufächeln. 5-Sterne-Amüsement, Prädikat köstlich.
... jetzt knallte jede Pointe, der Künstler hatte seine Zuschauer im Griff – einem Schoßkind der Götter gelingt halt alles ...

SYLTER SPIEGEL JULI '96

... vor dem Westerländer Kursaal blühte der Schwarzmarkt: 29 ausverkaufte Veranstaltungen in Folge – das gab es auf Sylt noch nie.

SYLTER RUNDSCHAU SEPT. '96

Der Internet-Auftritt:

Endlich ein Grund, ins Netz zu gehen, denn unter:

www.Manfred-Degen.de

können Sie beim Sylt-Satiriker mit Lust, Laune und Spaß herumstöbern:

Tourneetermine
Pressespiegel
Leseprobe
Buchbestellungen
Gästebuch

Und ganz wichtig: Ihre Meinung ist gefragt!
www.Manfred-Degen. de **www.kim-schmidt.de**